宁锐

号沐斋。作家、书画家、诗人、学者，创办九畹书院。著有《空色》《温文尔雅》《兰花旨》《滋兰笔记》《我素》等，个人画展有《兰气助道》《天下有风》等。主要研究方向为儒家经学、古典诗学、中国思想史及传统书画艺术。

风入松

中国的词

沐斋 著·绘

上海古籍出版社

图书在版编目（CIP）数据

风入松：中国的词 / 沐斋著、绘. —上海：上海古籍出
版社，2021.4
　　ISBN 978-7-5325-9901-1

　　Ⅰ.①风… Ⅱ.①沐… Ⅲ.①词（文学）-诗歌欣赏-中
国-唐代-清代 Ⅳ.①I207.23

　　中国版本图书馆CIP数据核字（2021）第042394号

沐斋作品集

风入松：中国的词

沐斋　著·绘

上海古籍出版社出版发行
（上海瑞金二路272号　邮政编码200020）
（1）网址：www. guji. com. cn
（2）E-mail：guji1 @ guji. com. cn
（3）易文网网址：www. ewen. co

印　刷　上海丽佳制版印刷有限公司印刷
开　本　890×1240　1/32
印　张　7.75
插　页　4
字　数　178,000
版　次　2021年4月第1版　2021年4月第1次印刷
ISBN 978-7-5325-9901-1 / I·3544
定　价　78.00元

如有质量问题，请与承印公司联系

壹

詞者。長短句也。歌詩之謂也。詩詞兩
者。製式也。然心要無二。詩言志，詞豈
有異乎。詩觀氣象，詞豈有別哉。
詩文書畫貴外乎此。易曰大哉乾
元。萬物資始。天地浩氣傾注筆端。
人生方千氣象。蘇辛高蹈千古流傳。
正在養氣。絕正元氣充盈。雖賦小
詞。光風霽月，氣度不差毫釐也。

玉於花間婉約一脈。亦自可觀。非有個

思一曲未易成篇。顧詞選詞話失入

宏觀述洞見備矣。余之續貂。乃弊

帚自敝禰。而收未免遺珠。所論未免

偏狹。而繪未免不工。如此盡何方家

之一哂尔。拙著歷歷凡十載。初稿

成而後刪刪乃亟為之。凡數十回百

回身。今當付梓　良美並陳。

不報

貼哂師友。書中八亀斷續而畫。十
年前後風格遂迥一矣。雖其間之文心不
二。所謂文人畫者或作水墨觀乎。
沐齋八品集系列。自蘭花旨句蘭
醉問世迄今。倏忽又八年矣。每逢讀
者問訊 風入松消息余
甚感作。 昔古賢人治大國如
烹小鮮。余則反是。可發一 嚎。

肆

感謝為小書揮筆作序之海上泰斗
陳佩鷗翆先生。感謝鼎力支持之上吉美
長青兄，知己陳蕙女史。宿儒業嘉瑩
生旣為父惜手年事已為力不從心，感我
葉先生引孟子語余。端人也其死友必端也。
吾亦向諸端友致敬。詩曰周雖舊邦其命
維新。文化傳承戮力同心吾有與焉。爾
復何憾憾之有。

辛丑鷙藝

林蒿

序

　　沐斋，宁锐兄也。相识数年，得见数面。记得沪上初遇，宁锐兄妹，如神仙中人，所谓风雅不出世家，致使平平之日，十分天朗气清。后读其文，如见其人。遭际薄尘，澄怀孤抱，又不见沉沉者，稀世可宝。

　　此为沐斋新著，话词话画。词者，人云诗之余，实乃皮相之言。故国文字，数千年已降，莫不是诗。所谓词者，亦是诗之别裁。如斯，词之风景，堪与诗齐观，不足为奇。又，画者，人言诗书字画，各具其执，亦似道途闲说。故国字画，与诗实可凝一，觉悟至此者，不啻文坛射雕手。拜观沐斋新著，慨然有寸楮归鸿之感。

　　本书历八年玉成，仅话及唐五代至清词家数十。以寥寥对茫茫，千余年关河锁钥，轻轻提起，非寻常可及。江河有派，山丘有脉，词亦是。所谓挈领提纲者，莫过于探向来之大墼，登不世之绝顶，如斯绵延俯仰，则江河、山丘收尽。沐斋翼然，抚掌得之。

词话者，历来多高论。诸家或非词客，必胸有丘壑，饱学雄辩。然词者，亦诗也。诗无达诂，宏论难立。一如张网捕鱼，无碍流绪，甚而青渚指月，如是我闻。于羚羊挂角、灵犀照壁之际，或有所得。三两语，数行文字，虽不能至，终不远矣。由此，纵是缃帙浩繁，尚留后人置喙之席。由此，沐斋有此著。我观此著，诚不止一家之言。其要义，观格局、重气象，诚是大言摄魂。其精光照射，足以响应古今。再者，沐斋本是诗人、词家，其词话如鱼过江，冷暖甘苦，可谓直如身受，喋喋之声，是处铿然可闻。

继而话画。如上所述，故国之画，所欲者与诗凝一。画诗难并论，画不及诗也。然作画如作诗。画之轩轾，最可以诗持衡。初者取诗中之景，中者略得其意，所谓画中有诗是也。上者画即诗，读画若读诗矣，所谓诗画凝一。得此者，方为大手笔。沐斋天赋诗心，其画时与诗凝一。观其脱颖作画、话画，自是天花乱坠，幼妇黄绢。

有幸先睹新著，宛然雁书如面。行文至此，多浅见，勉为鸣锣。庚子有疫，众生星斗相望。今始冬月，谅沐斋所在之京华，大雪纷纷矣。谨祈两间安好。

斯为序。

陈鹏举
庚子冬月初一于樗斋

目　录

南宋金

元明

唐五代

菩萨蛮　／ 李白

平林漠漠烟如织，寒山一带伤心碧。
暝色入高楼，有人楼上愁。

阑干空伫立，宿鸟归飞急。
何处是归程，长亭更短亭。

词有境界，复有气象。有境界则自成高格，有气象则神通广大。太白《菩萨蛮》《忆秦娥》两阕，百代以降尊为词林之祖，良有以也，其妙处莫可名状。词既通神，无关乎措辞之工拙、构思之精粗、表意之含露、抒情之沉浮，独在气象。

气息高古而意象远大，固不可以常理规模之。如学书法必追摹秦篆汉隶、六朝摩崖，须从中领悟古人之气象也。何谓古人气象？独与天地精神相往来，心接四宇，神游八荒，胸间无有小我在，更无俗虑杂草丛生，故而下笔力大无穷，虽一点一画、一山一水，每令人观止，顿觉气象万千。世人以太白词及渔父词并称双璧，所谓"一忧一乐，妙通造化"[1]，正在此处。

---

[1] 刘熙载《艺概》卷四："张志和《渔歌子》'西塞山前白鹭飞'一阕，风流千古。东坡尝以其成句入《鹧鸪天》，又用于《浣溪沙》。然其所足成之句，犹未若原词之妙通造化也。……太白《菩萨蛮》《忆秦娥》，张志和《渔歌子》，两家一忧一乐，归趣难名。或灵均《思美人》《哀郢》，庄叟濠上近之耳。"

渔歌子 / 张志和

西塞山前白鹭飞，桃花流水鳜鱼肥。

青箬笠，绿蓑衣，斜风细雨不须归。

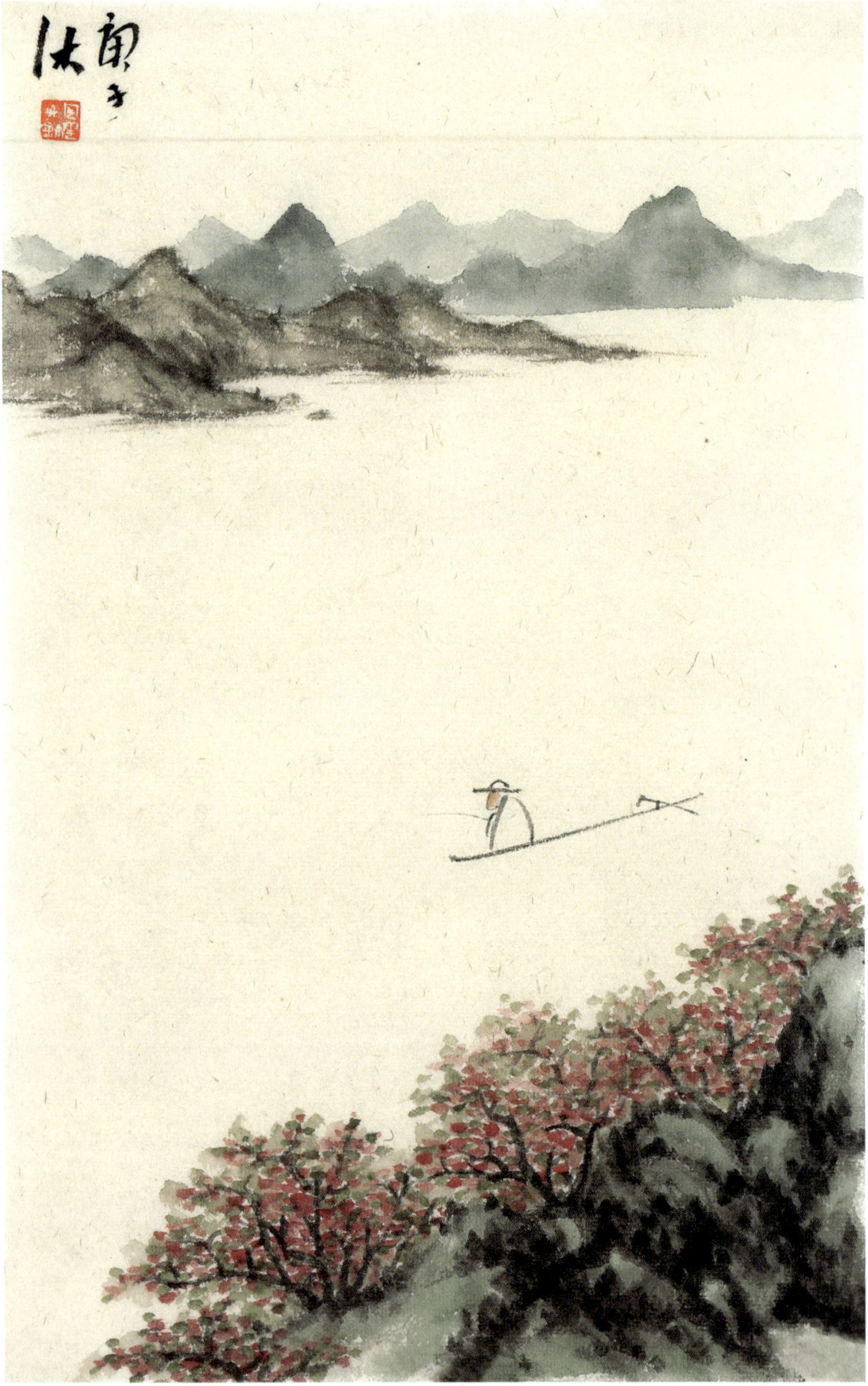

"渔歌子"即"渔父词"，烟波钓徒之后，续填此阕者代不乏人。李煜、赵孟頫之辈皆有佳构，出世之意文人之固有，沧洲之趣士夫所共具，然与张氏之词不可等量齐观也。斜风细雨里的渔父，飘飘乎山水之间，迥然超乎俗世之众远矣。

自谢赫"六法"之说出，士夫多言绘事妙理。诗词书画皆文人兴事，或言志表情，或抒怀写意，往往异曲同工，绘画之随类赋彩、经营布置其义亦同。

用色，其妙一也。杜甫诗"江碧鸟逾白，山青花欲燃"，王维诗"漠漠水田飞白鹭，阴阴夏木啭黄鹂"，皆善用色者，张氏词亦然。白鹭桃花、绿蓑青笠，色彩明丽纤秾却艳而不俗，非心怀澄澈、秉性高洁之士不可为。

用质，其妙二也。白鹭之飞，其质轻盈；鳜鱼之肥，其质沉重。而山固重矣，水固轻矣。白鹭飞于山前，鳜鱼游于流水，是轻重之物各得其所，两两相宜。诗词善用辞藻之质，则似绘画之布局，乃令人观咏之心熨帖慰藉，安得不佳？

用墨，其妙三也。墨有焦墨、有渴墨、有水墨、有涨墨，干湿浓淡，交参相应，意味乃出。作诗词之法与作画无异，须善用之。是词物象赋彩已浓，人物摹写已实，最后当以大笔水墨渲染之，"斜风细雨"一扫，虚实相生，松紧得宜，境界乃出。

忆江南 ／ 白居易

（其二）

江南忆，最忆是杭州。

山寺月中寻桂子，郡亭枕上看潮头。

何日更重游？

白乐天《忆江南》三首，此篇最好。"山寺月中寻桂子，郡亭枕上看潮头"，全词有此一联，遂成名篇，乃以作诗笔法填词，足堪压住阵脚。其妙在精练而洒脱、典雅又通俗。

乐天咏杭州诗词颇多佳什，此词不言西湖，但说山寺与钱潮。山寺，天竺也，乐天平素常游之所；钱潮，天下壮观也，而中秋时节最胜。白诗《东城桂》自注云："旧说杭州天竺寺，每岁中秋有月桂子堕。"再看唐代宋之问诗"楼观沧海日，门对浙江潮。桂子月中落，天香云外飘"，亦拈取这一潮一寺抒怀，两相对照，可知诗词同理异趣。

词宜轻歌曼舞，浅吟低唱，长短句式活泼可人。"山寺""郡亭"二语，一山一水、一夜一昼、一起一卧、一动一静之间风味全出，真非大手笔不能办到。

蝶恋花 / 冯延巳

谁道闲情抛掷久？每到春来，惆怅还依旧。
日日花前常病酒，不辞镜里朱颜瘦。

河畔青芜堤上柳，为问新愁，何事年年有？
独立小桥风满袖，平林新月人归后。

唐圭璋说"此首写闺情，如行云流水，不染纤尘"，八字评语道尽小词佳处。

凡词多写闲情，写愁绪，写生活中无数不可言说的小心曲，许是相思，许是追忆，许是忏悔，许是失意。这首词里没有明言，词人也不愿提起，揣度之到底无非林林总总、诸般尘世之俗累。然而诗词的好恰在于此，三言五语将那番心事自尘埃里提起，如出泥之藕，如暗夜之星，如旱地之雨，白净净活泼泼清凉凉地呈现在你目前，渣滓脱尽，只让观者神怡。

词共八句，全篇行文恰似行云，处处云卷云舒。起首两句自问自答，是一卷一舒。三四句"花前""镜里"又舒，五句"河畔青芜堤上柳"再舒。六句陡然一转再设一问："何事年年有？"问至关键处却又不答，是一大卷。结末两句倏然宕开，一舒到底，不作收束，是答语，亦无语；是景语，亦是情语。读之便觉意味不尽。

"独立小桥风满袖，平林新月人归后"，乃全篇最动人句，本无一字抒情，而字字落在情深处。俞陛云评："词家每先言景，后言情，此词先情后景。结末二句寓情于景，弥觉风致夷犹。"然若无前章诸般铺陈，反复咏叹，低徊婉转，便无此际高潮。此潮在心，心外之字字句句风平浪静。若以《诗三百》作法比观，此为兴。然《诗经》用于起笔，所谓起兴；此为收束，是尽兴也。

此般作法便是高明手段，要在"沉郁顿挫"四字。胸中万千气象沉郁未发，发而中节[1]，顿挫出之，乃见节奏也。如音乐家之度曲，书画家之挥毫，

---

[1] 《中庸》："喜怒哀乐之未发，谓之中，发而皆中节，谓之和。"

凡心中所想、眼前所见，须收拾光芒、吐纳方寸，皆令收放自如而和谐有致。

王国维说："冯正中词虽不失五代风格，而堂庑特大，开北宋一代风气。""堂庑"一语非静安独造，况周颐《蕙风词话》写："李重光之性灵，韦端己之风度，冯正中之堂庑，岂操觚之士能方其万一。"所谓堂庑，即词品之规模、气象也。纵观词史，以气象论，正中词则中主之外，近乎独步矣。若以书法史比观，其地位颇似五代巨擘杨凝式。杨风子上承颜柳，下启苏黄，而其书法独特之风味，均有颜、柳、苏、黄所未到处。正中词亦然，其辞文雅秀，有花间遗绪；而意境朗阔，似宋人词风。

静安评正中词"深美闳约"。"深美"即如花间之"雅秀"，"闳约"即如宋人之"朗阔"，或所谓"堂庑"也。又说："词之最工者，实推后主、正中、永叔、少游、美成，而后此南宋诸公不与焉。"其实欧阳修专学冯延巳，以至二人词作常为后人相混，若论词品，欧公尚未及也。刘熙载说："冯延巳词，晏同叔得其俊，欧阳永叔得其深。"深而未俊，可知尚未工也。词史浩瀚，而巨匠屈指可数：后主之疏，清真之密，东坡之旷，稼轩之豪，少游之凄，易安之婉，可谓各树一帜，高山可仰矣。然若举一人之作号称冠冕，堪为百世宗者，其惟正中欤？

正中词固非尽善也，拈一言以蔽之，曰"和"。正中之和，近乎"乐而不淫，哀而不伤"矣，近乎"中庸"况味矣。既深且美，既闳且约，非狂非狷，不喜不悲，试看后世词家，此番手笔安在哉？

山花子　　／ 李璟

菡萏香销翠叶残，西风愁起绿波间。
还与韶光共憔悴，不堪看。

细雨梦回鸡塞远，小楼吹彻玉笙寒。
多少泪珠何限恨，倚阑干。

词牌"山花子"即"浣溪沙"别体,因多了三字两结句,又称"添字浣溪沙""摊破浣溪沙",由于中主李璟这阕词享誉今古,故又名"南唐浣溪沙"。

词中"细雨"二句历来为人称道,论者如云,无须冗言。王安石曾问黄庭坚南唐二主词"何处最好"?山谷答以:"一江春水向东流。"荆公则云:"未若'细雨梦回鸡塞远,小楼吹彻玉笙寒'。"[1]又李璟自己也曾与大臣冯延巳开玩笑,戏问他:"'吹皱一池春水',干卿何事?"延巳答:"未如陛下'小楼吹彻玉笙寒'。"[2]冯延巳之言自是阿谀,荆公与山谷对话皆是外人语,可窥实情,亦足见二人于词品之判。

后主以情生词,情深语速,读之触目惊心;中主以词养情,情郁语隽,读之悄然动容。而词之余味令人惆怅无极,幽思不尽,其致一也。若拟观堂语,"流水落花",后主词也,其词品似之;"风里落花",中主词也,其词品亦似之[3]。

陈廷焯说此词:"沉之至,郁之至,凄然欲绝。后主虽善言情,卒不能出其右也。"其实这父子俩各有各的好,不分轩轾,然而怎么个好法?"凄然欲绝,只在无可说处。"真个说不出,谁也说不出。艺术一事说到底时,便接

---

[1] 事迹详见《苕溪渔隐丛话》引《雪浪斋日记》。"一江"句出后主李煜《虞美人》。

[2] 见《南唐书·冯延巳传》。"吹皱"句出冯延巳《谒金门》。

[3] "流水落花春去也",出李煜《浪淘沙令》。"风里落花谁是主",出李璟《山花子》。

近了禅宗，只可意会不可言传了。

俞平伯说："什么叫做'细雨梦回鸡塞远'，正式的回答是不言语。"因为一说便错。"这两句千古艳称，究竟怎样好法，颇有问题。王静安就有点不很了解的神气，但说它不如起首两句呢，那文章也有点近乎翻案。"静安先生如何说？"'菡萏香销翠叶残，西风愁起绿波间'，大有众芳芜秽、美人迟暮之感。乃古今独赏其'细雨梦回鸡塞远，小楼吹彻玉笙寒'，故知解人正不易得。"王国维独赏起笔二句，亦自有道理。相较后主，中主李璟更擅写景，擅写"有我之境"。细品上阕，含蓄深情，沉郁顿挫之笔力透纸背而却蕴藉之至，正合静安"景语皆情语"之谓；而"细雨"二句则警语也，在静安看来不如首句含蓄委婉。

可令静安欣慰的是，这样的"解人"尚有人在。吴梅说："'细雨''小楼'二语，为'西风愁起'之点染语，炼词虽工，非一篇中之至胜处，而世人竞赏此二语，亦可谓不善读者矣。"平心而论，词写秋悲，此中凄然意，上下阕就主客体分别言之，实难论高下，更非孰为"点染语"者。然因有了起句之"兴"，词境呼之欲出，余章便好随遇而安。

品词要旨不离气象，气象在大局，不在字里行间。唐圭璋言："笔力千钧，沉郁之至，较之李易安'人比黄花瘦'句，诚觉有仙凡之别。"所言为是。二者词旨同，意境似，而气象殊。所殊者，岂非在人欤？进言之，作词在人，读词在人，论词亦在乎人也。

乌夜啼　　／李煜

无言独上西楼，月如钩。
寂寞梧桐深院锁清秋。

剪不断，理还乱，是离愁。
别是一番滋味在心头。

后主情郁才丰，下笔往往直抒怀抱，不作景语。此篇短小精炼却情景交融，便更觉含蓄隽永。王国维说："词至李后主而眼界始大，感慨遂深，遂变伶工之词而为士大夫之词。"花间词所写情物每不离闺阁内外、床第之间，偶言其他亦不脱郎情妾意、儿女情思。后主则因经历亡国之哀、切肤之痛，词风陡然一转，气象为之一振，其后期词作较前判若两人，词品乃有云泥之别，温韦之辈遂不可同日而语焉。

然若论词之内容，此篇所写亦无非堂庑庭院，所别者乃在气象。气象有大小，有广狭，有尊卑，有万物生息之殊。东坡词，鸿儒气也；稼轩词，英雄气也；少游词，才子气也；小山词，名流气也；樵歌词，山林气也；后村词，江湖气也；清真词，文人气也；易安词，淑女气也；正中词，士夫气也；飞卿词，胭脂气也。所谓万类竞美，貌合神离，读词之际不可不察也。

黄升说："此词最凄婉，所谓亡国之音哀以思。"然同是凄婉，气象迥然有别。冯煦谓"淮海、小山，古之伤心人也"，与秦、晏相较，则后主岂特伤心人而已！其词又何止凄婉而已！后主之作，血泪而就，性命以成，天赋所化，其词虽写堂庑，其悲早已突破堂庑，安在"西楼"，安在"梧桐"，抑或安在"落花流水"，直在"天上人间"耳！然，后主恃才运笔，往往一泻千里，不作萦纡曲折之局，亦无雕镂藻绘之句，论者或以此讥之。

周济一段妙评曰："李后主词，如生马驹，不受控捉。毛嫱西施，天下美妇人也，严妆佳，淡妆亦佳，粗服乱头，不掩国色。飞卿，严妆也；端己，淡妆也；后主则粗服乱头矣。"在周济眼中，虽同为美妇，温庭筠浓妆，韦庄淡抹，而李煜则"粗服乱头"，显然对后主之品第是在温韦之下的。不能说周济的意见没有道理，就三人艺术特点统言之，这番话确可谓一语中的。"生马驹"无所拘束，一任天然而非寻章摘句，可知后主乃天纵之才。至于以"粗服乱头"喻后主词不修边幅，虽言其疏快，毕竟有失允当矣。

后主只是词家本色，赤子之心，素面朝天，被褐怀玉。若说后主粗服乱头，则耆卿之辈岂非衣衫褴褛？后村之流岂非一丝不挂哉？况同为美妇，亦分高下，纵令小家碧玉浓妆艳抹，安得立于麻衣硕人之侧也？

然若说周济损毁后主，则又失之矣。中国自古有崇尚"天然"的美学传统。《世说新语》载："裴令公有俊容仪，脱冠冕，粗服乱头皆好，时人以为'玉人'。"后世论文学艺术，常拈此四字譬喻。然而仪容不整毕竟有伤风化，不成体统，故而此语亦是褒中含贬。如龚贤批评同时期画家髡残的作品"粗服乱头，如王孟津书法"，把髡残的画、王铎的字都比作"粗服乱头"，是说二人作品粗放狂野，有失笔墨规矩。实则髡残的画朴拙苍茫，王铎的书法雄逸跌宕，能力矫时人书画柔媚之积习，皆开一代新风。依此看来，后主词从花间突围而出，"变伶工之词而为士大夫之词"，正与二公同功焉。

然，素衣岂粗服哉？胡应麟评后主词"清便宛转，词家王孟"。静安谓"温飞卿之词，句秀也；韦端己之词，骨秀也；李重光之词，神秀也"。焉有神秀之王、孟反着粗服、首如飞蓬[1]者耶！此亦非其不为，实不能也，乃天性使然。要待东坡、稼轩辈出，始能振衣高蹈，攘臂一呼，时而粗服时而乱头，方大开气象也。谭献谓"后主之词，足当太白诗篇"，岂非过誉甚乎！

---

[1]《诗·卫风·伯兮》："自伯之东，首如飞蓬。"

菩萨蛮　　/ 韦庄

人人尽说江南好，游人只合江南老。
春水碧于天，画船听雨眠。

垆边人似月，皓腕凝霜雪。
未老莫还乡，还乡须断肠。

纵览前人评韦庄词，可举"清艳"二字。周济说："端己词，清艳绝伦，初日芙蓉春月柳，使人想见风度。"这句评语基本概括了词坛对韦庄词品的共识，如况周颐："李重光之性灵，韦端己之风度，冯正中之堂庑，岂操觚之士能方其万一。"又如李冰若："其妙处如芙蓉出水，自然秀艳。"

风度和芙蓉，是出现率最高的两个词汇。周济的品评很自然地让人联想起魏晋名士的风流，《世说新语》载："有人叹王恭形茂者云：'濯濯如春月柳。'"而王恭赞叹王建武说的也是"王大故自濯濯"。濯濯乃清朗之意，春宵月色下的杨柳，自是清清朗朗动人心弦。而芙蓉指荷花，古诗云"莲子清如水"，宋人说"出淤泥而不染，濯清涟而不妖"，出水芙蓉给人的印象也一样是清丽濯濯。所以无论春柳还是芙蓉，皆可谓"清艳绝伦"，而清、艳二字缺一不可。若艳而不清，何似玫瑰；清而不艳，只如菖蒲。既清且艳，始称风度。

要看端己风度，只需这首《菩萨蛮》。从表面上来看，词意很简单，说的无非是乡愁。全篇措辞行文简洁明快，毫无晦涩迂曲处，"惓惓故国之思，而意婉词直"。只不过词人把这份乡思置于风景如画的异乡，目之所及"洵美且异"，目光深处却是"我心西悲"[1]。这种反差给人以深深的震撼，所以谭献说："强颜作欢快语，怕肠断，肠亦断矣。"词人轻描淡写的背后是半世漂泊的哀愁，眼前的春天碧水、细雨画船、似月佳人，于我何有哉？此便是

---

[1]《诗·邶风·静女》："自牧归荑，洵美且异。"《诗·豳风·东山》："我东曰归，我心西悲。"

"良辰美景虚设"之意——词意如此，词中却并未明言，无一句表露心迹语，惟结束作一声叹息而已。端己风度，由此观之。至若耆卿，乃复言"便纵有千种风情，更与何人说"[1]，直白而乏韵，韦、柳高下可见矣。陈廷焯说："词有貌不深而意深者，韦端己《菩萨蛮》、冯正中《蝶恋花》是也。"可谓解人语。

"春水碧于天，画船听雨眠"，此二句极清丽，似无关愁绪者。清代竹垞词"共眠一舸听秋雨"或由此脱胎，细品二词可悟其意境一也。然则雨中自有无尽愁，诗人何须言之？"壮年听雨客舟中""无边丝雨细如愁""微雨燕双飞"，自古此情绵亘无极矣，诸公词章皆见幽怨。惟端己词，但觉翩然之姿，优游之态，若不关己者，岂非真名士风流欤！

周济论曰："词有高下之别，有轻重之别。飞卿下语镇纸，端己揭响入云，可谓极两者之能事。"此番话却似是而非矣。温飞卿安能镇纸？韦端己差可入云。还是王国维比较公允："端己词情深语秀，虽规模不及后主、正中，要在飞卿之上。"他认为韦庄词好，但气象不及李煜和冯延巳之大，至于温庭筠，那是和端己没法比的。然而静安先生又说："'画屏金鹧鸪'，飞卿语也，其词品似之；'弦上黄莺语'，端己语也，其词品亦似之。""弦上黄莺语"固然轻快流丽，胜于描金重彩的画中鸟，然端己诗心之温厚沉郁，黄莺岂能道出？是静安未尽知端己也。

---

[1] 柳永，字耆卿，其《雨霖铃》词曰："此去经年，应是良辰好景虚设。便纵有千种风情，更与何人说。"

陈廷焯谓："一幅春水画图。意中是乡思，笔下却说江南风景好，真是泪溢中肠，无人省得。"唐圭璋评："语虽决绝，而意实伤痛。"词态之绝然，词章之流丽，难掩词人婉曲情深。以诗比词，其作法好似《考槃》[1]，凡诗句之表态决绝处，皆诗心含悲流连处。

---

[1]《诗·卫风·考槃》："考槃在涧，硕人之宽。独寐寤言，永矢弗谖。"

北宋

渔家傲　　／范仲淹

塞下秋来风景异，衡阳雁去无留意。

四面边声连角起。

千嶂里，长烟落日孤城闭。

浊酒一杯家万里，燕然未勒归无计。

羌管悠悠霜满地。

人不寐，将军白发征夫泪。

世评东坡"以诗为词"，此四字自是褒贬参半。然读范文正公《渔家傲》，词耶？诗耶？却无人语焉。清人谓此篇："一幅绝塞图，已包括于'长烟落日'十字中。唐人塞下诗最工、最多，不意词中复有此奇境。"只是拿此词与唐诗比对，惊讶于一篇小词竟能写出诗之意境。以此观之，世人囿于成见而尊诗抑词，道听途说、贵耳贱目，由来深且久矣。

须知诗、词同源，两者分流殊途，取径远近，体貌有别，而其道一也。其理乃如书法之于绘画然。万物之始，何者为书，何者为画？后世遂有所分。然又有以画入书、以书入画者。凡书画相参者，既得神理，互为生发，和谐有致，乃书画家至臻之境。何得反谓"以诗为词"辄乃旁门左道耶？

至于恪守音律之说而限量于词，器局焉能广大哉？言为心声，书为心画。诗者词者，终究服务于人之精神思想也，非服务于音乐歌咏也。反之则舍本逐末。况，词不必为弦歌所掣肘，当一视同仁，寻常以诗之佳者观之。若当世方文山歌词，洵美且异，经杰伦演唱，支离曲解，不成片段。声乐既不为词而作，词何必屈驾乃反为声歌所驱使差役哉！技之于道，轩轾之间，不由人乎？

诗即诗人也，词即词人也。诗人而兼为词人，以诗为词，抑或以词为诗，何以异分？然诚如书有高下，画有高下，书画合流更须神理汇通，要使高者益高，不使高者反下，非同儿戏也。故山谷特长于诗，稼轩专擅于词，惟希文、东坡辈才究天人之际，学富五车之丰，兼之以正大气象，吞吐开合，收拾光芒，皆能造妙入神。

此词直写边塞壮色，是自然奇观，更是希文胸襟。欧阳永叔讥其为"穷塞主"之词，而观其所自作，"玉阶献寿"之语，较之范公，真云泥之别。乃知欧公词不及诗，诗不及文。文学虽小技，贯通实难矣。

贺裳评："此深得《采薇》《出车》、杨柳雨雪之意。若欧词止于谀耳，何所感耶！"希文此词得唐诗之笔，更得《诗经》之意。若非志向高古，心怀天下，岂得此壮笔及警语哉！此番气象，此等手笔，直追太白两阕。非但永叔难望项背，恐东坡、稼轩亦不能及，真可谓后无来者矣！

雨霖铃　　/ 柳永

寒蝉凄切，对长亭晚，骤雨初歇。

都门帐饮无绪，留恋处，兰舟催发。

执手相看泪眼，竟无语凝噎。

念去去，千里烟波，暮霭沉沉楚天阔。

多情自古伤离别，更那堪，冷落清秋节！

今宵酒醒何处？杨柳岸，晓风残月。

此去经年，应是良辰好景虚设。

便纵有千种风情，更与何人说？

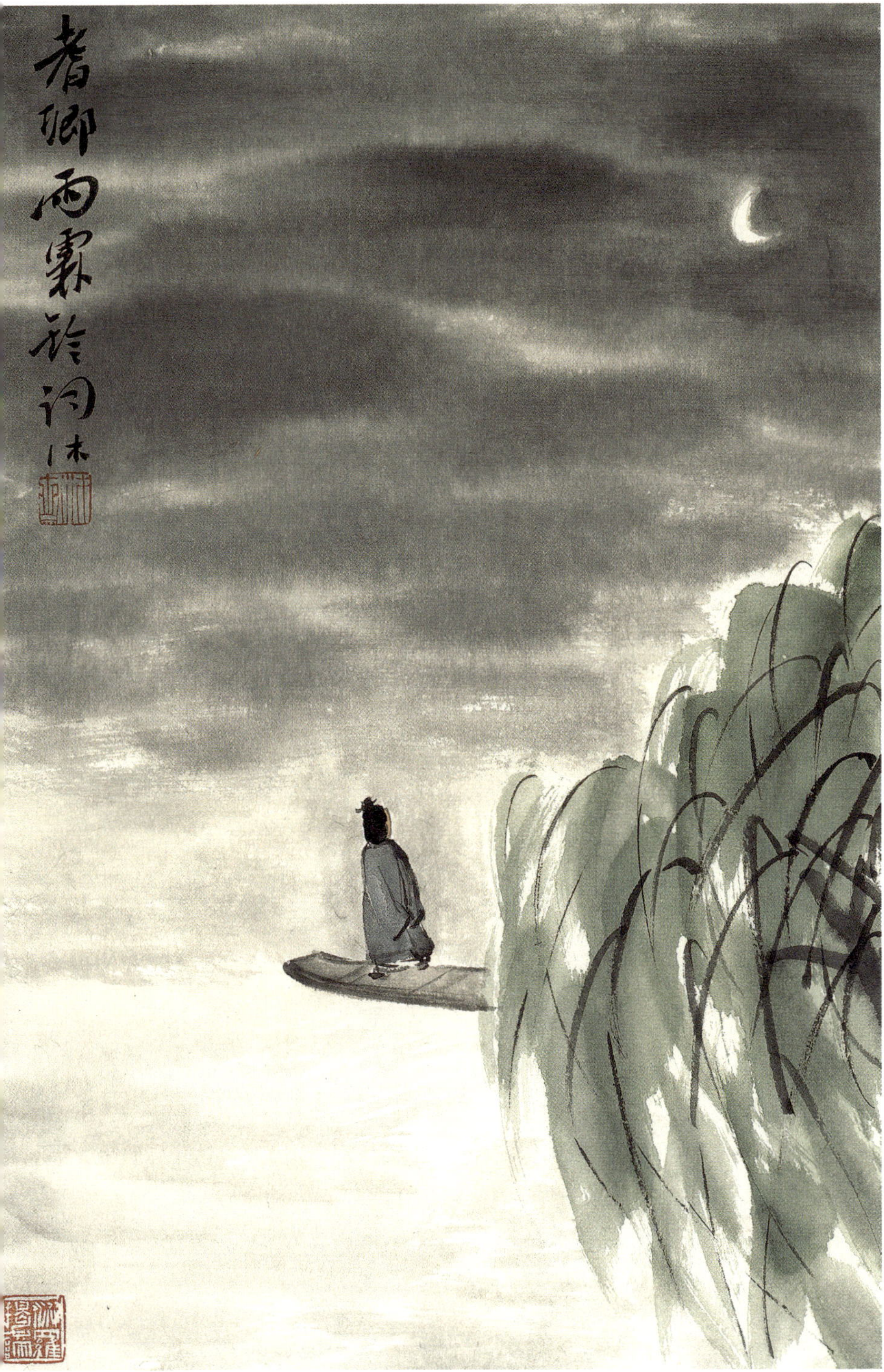

周济评耆卿词"秀淡幽艳",可谓精当,此中道理真与绘事同。试作粗浅之喻,词之婉约与豪放,大略似画之工笔与写意,可作如下分:

甲:花间温、韦辈,纯用工笔矣。

乙:美成、梦窗,兼工带写而工大于写。

丙:后主、希真,可谓小写意而写大于工。

丁:东坡、稼轩,小写意偶一为之,余时皆大写意也。

而上述四类之外,耆卿、少游、易安、白石之流,又颇有些微不同,状在乙、丙之间。

刘熙载论耆卿词有一段话堪称妙评,他便以画法比词法,说"词有点有染",即举此篇为例:"多情自古伤离别",点也;"杨柳岸,晓风残月",染也。有点有染,好似绘画之有笔有墨。离别之景既经点出,可谓见笔;而离愁别绪烘染已毕,可谓见墨。笔精墨妙,遂成佳什。

自古言词之婉约豪放,多取"晓风残月"与"大江东去"并论,虽曰一宜妙龄女子,一如关西大汉,体味相殊,毕竟同为杰构。耆卿此篇用细笔,设色淡雅,情溢于纸,气韵清艳而高绝,类恽南田[1]山水;东坡之粗笔纵横,拙壮恣肆,睥睨今古之气象酣畅淋漓,而一点一染未尝离法度之外,则似沈石

---

[1] 恽南田:即恽寿平,清代著名画家,擅没骨画及小写意花鸟、山水画。

田[1]晚年笔墨。

然若单以"婉约"二字视此词，是不解耆卿也。"念去去"等语，甚合歌乐，而辞章转换间之行气顿挫，深情百转之间，何尝无有男儿豪气在？所谓"无情未必真豪杰，怜子如何不丈夫"，愈婉约，愈深情；愈深情，愈英俊。晓风残月之下，一抹兰舟孤影，深镌于词史的万古江流中。

---

[1] 沈石田：即沈周，明代画坛宗师，"明四家"之首，其画作有"细沈""粗沈"之分。

蝶恋花　　/ 晏殊

槛菊愁烟兰泣露，罗幕轻寒，燕子双飞去。

明月不谙离恨苦，斜光到晓穿朱户。

昨夜西风凋碧树，独上高楼，望尽天涯路。

欲寄彩笺兼尺素，山长水阔知何处？

"昨夜西风凋碧树，独上高楼，望尽天涯路"，有此一句，晏同叔此阕便足以流传千古。静安先生尤酷爱此语，于《人间词话》凡三举之，并以之为"古今之成大事业大学问者"所必经的第一层境界。

登高望远，寄托怀抱，本是自古文人生涯中的日常。或"念天地之悠悠"，或"日暮乡关何处是"，或"落木千山天远大"，或"不尽长江滚滚来"。晏殊之立意作句亦不外乎此，然经王国维一番推举，遂引人警觉，拔乎众词之外。

王国维之境界说确有点铁成金之妙。然此中意思，此番话语，本早在圣贤书中。《中庸》曰："君子之道，辟如行远必自迩，辟如登高必自卑。"自迩自卑，无非这个"第一境也"。或者换作《大学》里的那句"知止而后有定"，也是如此这般。"独上高楼"是"自卑"，"望尽天涯路"是"知止"。所谓"第一境"，在人生即是"而立"之年，知其所欲，立志追寻，却望穿秋水，怅然若失，因为心中仍有惶惑。

张德瀛《词微》说："词有与风诗意义相近者。"王国维乃以《蒹葭》《节南山》比此同叔词：

> 《诗·蒹葭》一篇，最得风人深致。晏同叔之"昨夜西风凋碧树，独上高楼，望尽天涯路"，意颇近之。但一洒落，一悲壮耳。
>
> "我瞻四方，蹙蹙靡所骋"[1]，诗人之忧生也，"昨夜西风凋碧树，独上高楼，望尽天涯路"似之。

---

[1] 《小雅·节南山》诗句。

《秦风·蒹葭》一诗所描写的时令也是深秋，诗句古雅蕴藉，意境空灵迷离，字里行间透出丝丝萧瑟与凄清，确与晏词有相似处。而且，两诗的作者都在立意寻找着什么，却都不曾明说。然《蒹葭》的主人公没有止步于此，"溯洄从之，道阻且长；溯游从之，宛在水中央"，他并未仅仅停留在思慕或怅惘阶段，而是上下求索，顺逆追求。以静安先生说辞，非是"第一境"，当为人生"第二境界"也。

论境象，《诗三百》中，或唯《汉广》比似之。"汉之广矣，不可泳思；江之永矣，不可方思。"其意欲彼岸却又踌躇不前之态，愁肠百转却只吁叹流连之景，正与"欲寄彩笺兼尺素，山长水阔知何处"同出一辙。就诗旨而言，《汉广》和此词皆是"怅惘"；就笔法言，相较《蒹葭》之虚写，二者多为实笔。

所以论诗之作意，观堂又以《节南山》作比则更为大谬。《节南山》乃刺诗，批判性很强，诗意诗境皆不类，同叔此篇只是怅惘尔。若强为之比，殆《四月》乎？"秋日凄凄，百卉具腓"，"滔滔江汉，南国之纪"[1]，有怅惘，也有豪情，略与此词似矣。于温柔敦厚之间乃见悲壮情思，自是晏同叔手笔超凡之处，放诸古今婉约词林亦难一见之。故陈廷焯叹曰："缠绵悱恻，雅近正中。"此为确评。

---

[1] 《小雅·四月》诗句。

踏莎行 　　/ 欧阳修

候馆梅残，溪桥柳细，草薰风暖摇征辔。
离愁渐远渐无穷，迢迢不断如春水。

寸寸柔肠，盈盈粉泪，楼高莫近危阑倚。
平芜尽处是春山，行人更在春山外。

踏莎行小词意 欧阳永叔

尚林乾秋迟言

词史与画史，溯源本初，规模相近。五代宋初词，堂皇雍容，工稳优雅，与五代、宋画气象极似。欧阳永叔词作追摹冯延巳，后世往往相混，盖一代有一代之词风也。而《六一词》当以此篇句意最工，境界最佳，韵味最胜。

此词如画。上阕，起笔，自然熨帖，笔力极稳而句极雅致，便是一幅春山小景便面；承笔，点染交错，笔势荡漾，画境徐徐推进，便面扩而成一横幅。下阕，转笔，格局又变，画面继续延伸，笔墨氤氲无穷，横幅终展开而为长卷；收笔，如山水画平远式构图，将读者视野拉向远方无尽处，笔有尽而意无穷。此以作画法观作词。

若单论词意，则可分别看。上阕写行人，下阕写思妇，然中间浑然自成，过渡使转全无痕迹，可窥作者匠心。男人远行，离愁却如春水；妇人闺思，深情却似春山。词句看似无心，高妙皆在有心处。"平芜尽处是春山，行人更在春山外。"结句点亮全章，然语调悠然，色调淡然，情调天然，似毫不用力写出，词意却早已力透纸背。

菩萨蛮 / 王安石

数间茅屋闲临水，窄衫短帽垂杨里。
花是去年红，吹开一夜风。

梢梢新月偃，午醉醒来晚。
何物最关情，黄鹂三两声。

荆
公
菩
薩
蠻
詞
意
玉
水
林
南
□

山谷注云："王荆公新筑草堂于半山，引八功德水作小港，其上垒石作桥，为集句云……"则此词系介甫晚年罢相归隐半山园时作。同期此类"集句体"词甚多，借前人诗句，表自身情境，开自家气象，或曰介甫之发明。

起句即表露词旨，"数间茅屋闲临水"，着一"闲"字，词人心事悠然淡吐。归园田居之生涯何如束冠立朝哉！以示君子进退从容之意。然这份闲适究竟果决乎？"花是去年红"两句看似不经意，却暗写忧愁。新法中废，百业待兴，壮志难酬，词人正是"心在天山，身老沧洲"，何能真"闲"耶？昔日的蟒服冠带，今朝之"窄衫短帽"；昔年之宸阙丹墀，眼下的竹篱茅舍，旧岁花红皆随"一夜风"吹去了罢。纵然"物是人非事事休"而无一冷峭棱磳语，词笔温厚含蓄如此，所谓怨而不怒者，岂非真国士乎！

俱往矣。何不且享受当下之自在欢欣？词之下阕笔意遂又作一转，"悄悄新月偃，午醉醒来晚"，无事小酌，酒醉昼寝，醒来已月上林梢，这从前无暇享有的"午醉"竟是何等惬意！然"今宵酒醒何处"，独对此林间晓月，苦闷孤独虽未言而意已暗生矣。最可叹却在结语，"何物最关情，黄鹂三两声"。万籁俱寂之时，陪伴词人的却只有那林间的黄鹂，即使"百啭无人能解"，已足慰我心。似无心之语，而情深意重恰在此无心处，胸怀社稷之忧与知音难觅之慨一并寄托于鸟声，更觉小词之意味深邃无极。

小令词短意长，集古人句而浑然天成、宛若己出，由此可窥荆公胸次焉。首句"数间"语出刘禹锡"数间茅屋闲临水，一盏秋灯夜读书"，"花是"句出殷益"发从今日白，花是去年红"，"悄悄"句出韩愈"点点暮雨飘，悄悄新月偃"，"午醉"句出方械"午醉醒来晚，无人梦自惊"，"何物"句本李白"何许最关情？乌啼白门柳"。

以公之器识，自视填词为游戏尔，故用语信手拈来，下笔运斤成风，以如椽之笔"矮纸斜行闲作草"，则大有牛刀割鸡之快。全篇清新洒脱，直是一幅田园山水图，不待明季沈石田费尽丹青矣。

临江仙　　/ 晏几道

梦后楼台高锁，酒醒帘幕低垂。

去年春恨却来时，落花人独立，微雨燕双飞。

记得小蘋初见，两重心字罗衣。

琵琶弦上说相思，当时明月在，曾照彩云归。

抛开文学造诣不谈，作为北宋名臣晏殊幼子的晏几道，一生于仕途毫无建树，亦可谓不肖子矣！其上半生可谓逍遥自在、锦衣玉食，典型的风流贵公子生活，然经父亲离世、家道中落诸变故的晏小山，这份优游人生再难以维系。有人说他风骨清高，不愿巴结权贵，其实非是不愿，是不能也，这也是贵公子群体中"老幺"性格之通病。

他难得的知音黄庭坚称他有"四痴"。但凡痴于物情者皆疏于人情，因其不谙世故也。惟其不谙世情，常怀赤子之心，始能倾全力于一事，比如填词。清代词人项莲生亦然，自言幼有"愁癖"，出身富豪之家而不善营生，由富而至困顿，唯填词须臾不可离也。小山、莲生、纳兰容若，何其相似乃尔！

此词乃为歌姬"小蘋"而作。上阕写"春恨"，下阕写"相思"。春恨尚只是去年的春恨，相思却是无尽的相思。纵观全篇，可知词人思念之情，既深且苦，既久且长，小山之"痴"由此可见。"初见"最惹人，纳兰也写"人生若只如初见"，若得有情人，正在初见时。一霎那情不自已，一霎那心心相印，此中有真味，唯得两人知。

陈廷焯评曰："既闲婉，又沉着，当时更无敌手。"岂特当时，待后世也唯有纳兰词可与之颉颃，非伤心人写心上人，孰能为此？纳兰才高情深，驰骋以气，小山未必能及；然小山自有独到处，华贵矜庄其表，冷艳凄迷其里，纳兰亦不易到。小山词之风流幽艳，后世可谓绝矣！

水调歌头　/苏轼

丙辰中秋，欢饮达旦，大醉，作此篇，兼怀子由。

明月几时有？把酒问青天。

不知天上宫阙，今夕是何年？

我欲乘风归去，又恐琼楼玉宇，高处不胜寒。

起舞弄清影，何似在人间？

转朱阁，低绮户，照无眠。

不应有恨，何事长向别时圆？

人有悲欢离合，月有阴晴圆缺，此事古难全。

但愿人长久，千里共婵娟。

此篇词不可学，此词图不好画。郑文焯评东坡乐府说："发端从太白仙心脱化，顿成奇逸之笔。"诗有太白，词有东坡，二者皆谪仙人也，天纵之才岂可学乎！

诗词有可学者，有不可学者。格有高下，气有大小，境有阔狭，意有浅深，艺术之理相通，惜难与外人道哉！凡才气天成，浩如江海，驰笔以神，势难规矩，若后主、东坡、稼轩、易安之流，皆第一等才，学之不得；纵学得形似，无神之形其与行尸走肉何异？此后世所以尊少游、美成、梦窗、玉田辈者，以为其可学也。然或谓可学亦自有别：少游、美成第二等才也；梦窗、玉田第三等才也。三等以下之才不可胜数，固易得之，然又不足学也。

凡气象远大之词，皆无琐碎笔。若子久、仲圭、青藤、八大之楮墨，荦荦然挥洒，化繁为简，不拘泥于一笔一画之状，胸中块垒运斤成风，笔笔见精神。不似"四王"之徒，亦步亦趋，蝇营狗苟，战战兢兢如履薄冰，雕琢刻镂了无生气。

取词入画，此理愈彰。东坡、稼轩辈词，一气呵成，下笔如注，纯以神驰情纵，鲜见具象物事描绘，是其才思泉涌之际，不暇亦不必拾掇摆设也。然小子捉笔图之，竟无所适从。因诗是相对抽象的艺术，而绘画终究是具象的艺术（所谓"抽象派"且不论）；而美成、梦窗辈，笔下具象物事繁缛堆砌，缤纷乱目，画之易得，唯嫌拣择。是其心中之"小"甚多，不能纵横捭阖，任性驱驰故也。

此间道理，以黄庭坚自谓书法之道表达最恰。山谷云："老夫之书，本无法也。但观世间万缘如蚊蚋聚散，未尝一事横于胸中。故不择笔墨，遇纸则书，纸尽则已，亦不计较工拙与人之品藻讥弹。"快哉斯言！

　　复观东坡中秋词，其气奔腾直泻如银辉千里，其情动摇古今读之戚戚焉，然终篇未道一人一事于目前。吾辈何所见？唯高天朗月、腹中万卷与心头百感。此词何须品第？望月吟之而已，毋庸再费一言！

念奴娇 / 苏轼

赤壁怀古

大江东去，浪淘尽，千古风流人物。

故垒西边，人道是，三国周郎赤壁。

乱石穿空，惊涛拍岸，卷起千堆雪。

江山如画，一时多少豪杰。

遥想公瑾当年，小乔初嫁了，雄姿英发。

羽扇纶巾，谈笑间，樯橹灰飞烟灭。

故国神游，多情应笑我，早生华发。

人生如梦，一尊还酹江月。

世谓东坡词出，遂开一代新风，"豪放派"从此立目，盖由《念奴娇》而来。

坡公词，自以此篇为代表，亦足见其本色。陈师道说："退之以文为诗，子瞻以诗为词，如教坊雷大使之舞，虽极天下之工，要非本色。"这句论断可谓大胆，也常为后人所引述。然而此番话终究是误读了词，也误读了苏轼，更误导了后学。用晋代支道林的话讲，后山便是"牖中窥日"。

东坡固不擅填词。其词往好处说是"曲子中缚不住者"，往坏处说便是"不协音律""句读不葺之诗"。正反双方说得都对，也都不对。为什么这么说？因为他们都不曾跳出历史看历史，"只缘身在此山中"。

我们知道先有诗，后有词，所以诗的地位比词要高。不要搬出学者"诗言志"那套陈词滥调，实则只是先入为主的成见而已，没有其他原因。此其一。词最初是用来唱的，讲求音乐性，所以要求协和音律，而演唱者都是歌姬少女，用于燕饮助兴，所以北宋以前填词率皆细腻婉约，深情百转，便于浅吟低唱。此其二。东坡词横空出世，石破天惊，不管那一套而特立独行，习惯于绮靡之音的词人和听众于是大跌眼镜。此其三也。明白了这三点，我们再来说东坡词。

如李清照那样的说法，原也没有错。因为若把词固守在先验的意识和视阈里，词只能是那样。但问题在于，为什么不能是别样？或者说词是否需要发展？举例来说，诗歌最初也原本是要演奏唱和的，所以《诗三百》呈现出那种面貌，和近体诗完全不同，但你敢说杜甫写的律诗不合诗律吗？再举例说，书法与绘画原本也是两回事，写意画发展壮大之后，画家被要求必须做到"以书入画"，书法成为文人画品质的先决条件，这在宋代以前是不可想象的。画家"以书作画"是正道，何以词家"以诗为词"反倒成了另类，成为被抨击的对象？

凡开创一代新风者，必敢为天下先；敢为天下先者，必有天纵之大才。东坡以如椽大笔作词，真似"治大国如烹小鲜"，牛刀割鸡，其痛快淋漓处，岂止"曲子缚不住"，何事缚得住耶？"一点浩然气，千里快哉风"，此浩气之所往，作文则成赤壁赋，填词则为赤壁词，作书即是赤壁帖。才大者如鲲鹏，横扫万古，岂囿于学鸠枋间之语哉？所谓"绝去笔墨畦径间，直造古人不到处"[1]，诚如是也！

---

[1]《苕溪渔隐丛话》："语意高妙，真古今绝唱。""绝去笔墨畦径间，直造古人不到处，真可使人一唱而三叹。若谓以诗为词，是大不然。"

临江仙　　/ 苏轼

夜归临皋

夜饮东坡醒复醉，归来仿佛三更。

家童鼻息已雷鸣，敲门都不应，倚杖听江声。

长恨此身非我有，何时忘却营营[1]。

夜阑风静縠纹平，小舟从此逝，江海寄余生。

---

[1]　《庄子·知北游》："舜问乎丞曰：'道可得而有乎？'
曰：'汝身非汝有也，汝何得有夫道？'舜曰：'吾身非吾
有也，孰有之哉？'曰：'是天地之委形也。'"《庄子·
庚桑楚》："无使汝思虑营营。"

此词亦东坡黄州时期作品，关于其创作背景尚有一则轶事，叶梦得《避暑录话》载：

> （轼）与数客饮江上，夜归，江面际天，风露浩然。有当其意，乃作歌辞，所谓"夜阑风静縠纹平，小舟从此逝，江海寄余生"者，与客大歌数过而散。翌日喧传子瞻夜作此辞，挂冠服江边，拏舟长啸去矣。郡守徐君猷闻之，惊且惧，以为州失罪人，急命驾往谒。则子瞻鼻鼾如雷，犹未兴也。

在这则传说里，东坡的形象被渲染得"仙气"十足，大约这也正代表了人们对于东坡的看法。夜饮江天，临风啸咏，宾客酬答，此类情境自应是坡公当家本色；而"挂冠服江边，拏舟长啸去矣"则纯属人们的想象。似这般脱尘出世的风流潇洒，只是常人心中构想的东坡，因为在他们眼里这才像是东坡。然岂真知东坡哉？为求自我而绝圣去智、舍忠弃义，断非心怀社稷的儒者东坡所为也。

何况，这则轶事之真实性本身便很可疑。词起笔已点明作者是夜饮归来，而非席上歌咏；再纵览全篇，词意静虑洞达，自属一人独处有所思而作。可见无论何时，好事者牵强附会之辞总是难免。此词是东坡历经仕途磨折之后，于艰辛岁月里苦中作乐之余的自省沉思，曲终人散之后的孤光自照，最是沉郁，愈沉郁而愈通透，愈通透而愈豪迈，愈豪迈而愈宽厚。

宴饮酒醉，半醉半醒，夜阑风静，敲门不应。不应便不应，那也没什么了不得，正好借此大好夜色，趁清风明月，独对这门外的大江。也许酒醉幻化了感官，也许静夜突出了音响，醉意阑珊的苏轼，此时此刻竟然真切地谛听到眼前渺渺脉脉的江声。江声里的苏轼，蓦然酒醒。历史的兴衰，人生的无常，时光的流逝，岁月的悲欢，一瞬间在心头水聚云集。正如老师欧阳修在秋声里彻悟人生草木，勾想命运沉浮，眼下的苏轼同样百感交集。千古兴亡多少事，个人荣辱无数秋，尽付眼前滚滚江涛。

这是醒时的沉醉，亦是醉时的苏醒。不是先贤屈子"目眇眇兮愁予"的苦闷彷徨，不是唐人张若虚《春江花月夜》那般歌舞升平的雍容，更不是南唐李后主"一江春水向东流"的凄楚惆怅。东坡耳畔的江声，清晰而深邃，那是独对己身的观照和自白。江水有声，声声如泣如诉；江水无声，此时无声胜有声。

此刻的苏轼，不再作《前赤壁赋》"纵一苇之所如，凌万顷之茫然"那样的高迈之语，也不再发"大江东去，浪淘尽，千古风流人物"的豪情抒怀，全篇尽用庄子之典，一如不得意之际的李太白在那些潇洒诗句中以道教徒形象的呈现。江声里的苏轼是现实本色的自我，也是脱尽禅理儒规的自我，更是潜意识欲跳脱却跳脱不得的自我。自我最真实，因而感动今古。

定风波 　　/ 苏轼

三月七日，沙湖道中遇雨。雨具先去，同行皆狼狈，余独不觉。已而遂晴，
故作此词。

莫听穿林打叶声，何妨吟啸且徐行。
竹杖芒鞋轻胜马，谁怕？一蓑烟雨任平生。

料峭春风吹酒醒，微冷。山头斜照却相迎。
回首向来萧瑟处，归去。也无风雨也无晴。

東坡詞意圖

庚午夏休庵

此坡公自画像，令人想起东晋名相谢安。据《世说新语》载，谢太傅与众人泛舟海上，风大浪急，孙绰、王羲之等人神色大变，急呼回驾；而谢安始终从容不迫，悠然吟啸，气定神闲，率众安然返航。由此不仅见出其雅量高致，亦可知其器局足以镇服朝野。

东坡之词旷，人所共识，此篇尤为显见。逆境中之乐观洒脱，行进从容，尽在笔端。郑文焯评曰："此足征是翁坦荡之怀，任天而动。琢句亦瘦逸，能道眼前景，以曲笔直写胸臆，倚声能事尽之矣。"词句瘦逸而气象宽博，风骨清高而胸怀坦荡，二者得兼，故为人上人。读诗词文章，终须读出作者之气象，不为其形所拘，要入得其神理，始为知者。有貌似出尘潇洒而犹有蓬心者，有形若豪迈旷达而计较锱铢者，不可混为一谈。所以静安先生谓："读东坡、稼轩词，须观其雅量高致，有伯夷、柳下惠之风。白石虽似蝉蜕尘埃，然终不免局促辕下。"此言及词家之气象也，可谓慧眼独具。

这种"雅量高致"是从东坡的儒家思想中来，也是从道家、禅宗思想中来，出世与入世二者在他这里同样得到了统一。纵观苏轼诗词文赋，这个思想贯穿始终，随处可见。末句"也无风雨也无晴"是本篇词旨，便是东坡文章所说的"卒然临之而不惊，无故加之而不怒"，也即是所谓"荣辱超然"，与其《超然台记》的思想如出一辙："无所往而不乐者，盖游于物之外也。"大多所谓"婉约"词家吟风弄月、感时伤花，所以气象局促者恰在于此：入于一物而不能出。亦诚如静安之言："诗人对宇宙人生，须入乎其内，又须出乎其外。入乎其内，故能写之；出乎其外，故能观之。入乎其内，故有生气；出乎其外，故有高致。"这份进退裕如，是儒家的"穷则独善其身，达则兼济天下"，也是道家的"物我两忘"。

陶渊明诗云："纵浪大化中，不喜亦不惧。"东坡"一蓑烟雨任平生"，是"纵浪大化中"；而"也无风雨也无晴"说的便是"不喜亦不惧"。中国文人士大夫，但凡活明白了的，其实都兼具儒道两家思想之精髓，同时又能将看似矛盾的二者完美协调相和。

山雨"穿林打叶"，词人"竹杖芒鞋"；回首"向来萧瑟"，眼前"料峭春风"。东坡天才的诗句，积蓄于他满腹"不合时宜"的躯壳里，只待他的心灵在一次次百转千回的磨砺生涯中，由一场冷雨去浇醒。

望江南　　/ 苏轼

超然台作

春未老，风细柳斜斜。

试上超然台上看，半壕春水一城花。烟雨暗千家。

寒食后，酒醒却咨嗟。

休对故人思故国，且将新火试新茶。诗酒趁年华。

论者谓坡公此词"以乐景衬哀情",或有之。然这份"哀情"并非悲戚愁苦之哀怨,是淡淡,更是超然;是此心安处,亦是愁而后安。一言蔽之,即孔子"乐而不淫,哀而不伤"是也。

起笔,"春未老"三字足见词家气象,是知词人触景生情之际,意已在笔先矣。追溯其诗心有所哀者,乃由转片处来:"寒食后,酒醒却咨嗟。""咨嗟"二字道破心腹事,即今"对故人思故国"尔。眼前春色,"风细柳斜斜""半壕春水一城花",此云"乐景"可也;"烟雨暗千家",则云"哀景"可也。哀乎?乐乎?却是喜无悲亦无,尽归洒脱超然而已。纵原有淡淡愁,便也随一声"诗酒趁年华"烟消云散。而今何为?不妨吃茶去,"且将新火试新茶"!

春愁,诗人尽有之,暮春是其极也,寒食最惹人哀。坡公寒食佳句,除此密州词外,尚有徐州诗"惆怅东栏一株雪,人生看得几清明",更有黄州寒食帖"卧闻海棠花,泥污胭脂雪"。观此三作,愁愈苦而哀愈深,然自始而终绝无伤春肠断妇人之语也,诚如白雨斋所云:"词至东坡,一洗绮罗香泽之态,寄慨无端,别有天地。"

人之行气有用舍行藏,天地之气亦然,惟智者达观一以贯之。坡公此词,有道家的思想,也有禅宗的思想;物象精微而气象博大,非心境高远者不能为;皆道常人眼前景,而常人不能道。此之谓大家手笔。

蝶恋花　/ 苏轼

花褪残红青杏小，燕子飞时，绿水人家绕。
枝上柳绵吹又少，天涯何处无芳草！

墙里秋千墙外道，墙外行人，墙里佳人笑。
笑渐不闻声渐悄，多情却被无情恼。

以健笔写柔词，唯苏、辛为能。二公既豪迈高蹈，故其深情款款处，动人更胜凡夫。王士禛谓此词"恐屯田缘情绮靡，未必能过"，是也。

苏、辛有万千气象，如《易》之《乾》。其才之大包罗万有，上于天则为天，入于地则为地，进可为风、雷、水、火，退可为山林江湖、草木花朵。慷慨可矣，温柔可矣，无可无不可，岂限以"豪放派"视之？识见卑之甚矣！

《词林纪事》载，东坡谪居惠州时，一年深秋，命朝云歌此词。朝云将唱，泪洒衣襟。坡问其故，答："奴所不能歌，是'枝上柳绵吹又少，天涯何处无芳草'也。"坡公乃大笑曰："是吾正悲秋，而汝又伤春矣！"于此轶事，足可想见其人之旷达潇洒。朝云所悲，岂是伤春，是悲坡公命运之多舛也；坡公自云悲秋，岂是自悲，是慰相伴知己之怀也。其意也厚，其情也深，其性也放，其心也真。则其下笔属词，如云气行留，成雨成雪，随机自得，而无所不适也。

或论曰：此词寓言也，乃无端致谤之喻，发元祐党人被逐之叹。品味词意，未尝无有，然终归局外人之臆测而已矣。"多情却被无情恼"，人间缘情万种，莫不如是。岂必爱情、必友情、必忠君爱国之情耶？恼则恼矣，依旧无怨无悔，饶是真情固常在，诚如芳草际天涯。

浣溪沙　　　/ 苏轼

游蕲水清泉寺，寺临兰溪，溪水西流。

山下兰芽短浸溪，松间沙路净无泥。
潇潇暮雨子规啼。

谁道人生无再少，君看流水尚能西。
休将白发唱黄鸡。

关于这首词的创作由来，作者交代得很清楚，《东坡志林》记：

> 黄州东南三十里为沙湖，亦曰螺师店。予买田其间，因往相田得疾。闻麻桥人庞安常善医而聋，遂往求疗。安常虽聋，而颖悟绝人，以纸画字，书不数字，辄深了人意。余戏之曰："余以手为口，君以眼为耳，皆一时异人也。" 疾愈，与之同游清泉寺。寺在蕲水郭门外二里许，有王逸少洗笔泉，水极甘，下临兰溪，溪水西流。余作歌云"山下兰芽短浸溪……"是日剧饮而归。

东坡居黄州时期，曾于郊外沙湖购置田产，因来往看田得了病，于是向当地民间名医庞安常求治。庞医生医术高超，但是耳聋。于是东坡把症状写在纸上，庞氏一看就明白如何对症下药。东坡病中仍不忘开玩笑说："我以手为口，您以眼为耳，可以说都是异人啊！"病愈，二人同游清泉寺。山寺风光优美，且有王羲之洗笔泉，泉下兰溪，溪水西流，引人称奇。东坡遂作此词，因为身心双畅，当日痛饮尽兴而归。

雨中山行，即景生情，最富诗意。东坡另一首词《定风波·莫听穿林打叶声》，景况近之，然雨有大小，事由各异，感触不同，下笔亦自有别。前一首词有"穿林打叶""山头斜照"等句，可知是阵雨，来势汹汹，去也匆匆，故词意也如飘风骤雨，沉着痛快、意气飚发；此篇则"净无泥""潇潇"，乃是细雨，又逢病痊，所以词意优哉游哉，不疾不徐，十分惬意。

此词上阕尽是景语实摹，便是一幅清新鲜活好图画，直引读者入此画中。下阕情语抒怀，将自然景物与人生之达观相契合，如画龙点睛，意境遂得升华，所谓"浅语见不凡"也。当时应为坡公口占，稍加修缮即成，由此亦可窥大匠神思，如溪如泉，真乃不择地而出焉！

点绛唇　/ 苏轼

闲倚胡床，庾公楼外峰千朵。
与谁同坐，明月清风我。

别乘一来，有唱应须和。
还知么，自从添个，风月平分破。

东坡道人趁着清风明月，登上一栋楼，闲卧一把椅，想起一个人，填了一首词。这情景我们并不陌生，唐代的孟浩然就是这样——登上一座山，看到一座碑，想起一个人，作了一首诗。孟夫子想的是羊祜，苏东坡想的是庾亮。

羊祜和庾亮自有相似之处。他们都生活在被后人不断追思神往的魏晋时代，虽然沾了魏晋风流的光，但又不同于那些清谈之士，二人都是干实事的，正是这一点，让心底怀揣"修齐治平"理想的后世文人仰慕膜拜。

东坡填词的动念来自"元规啸咏"的典故[1]。那是一个美好的秋夜，庾亮的几个下属官员在南楼之上吟诗咏唱，玩得正起劲，忽听得楼梯间传来急促的木屐声，一听便知是一向严苛的庾大官人驾到。大家连忙起身准备回避，可庾亮已经上来了，见状乃慢慢说道："各位且留步，咱们何不一起玩，老夫在这方面那也是兴致不浅呐！"于是坐在胡床之上，跟大伙吟诗酬唱，其乐融融，皆大欢喜。

如今，苏轼也和当年庾公一样闲倚胡床。所不同的，苏轼是"独乐乐"，庾亮是"与人乐乐"，独乐既享清闲，却不免寂寞，于是他便学李白邀风揽月。

然而苏李二作亦有分别。太白"举杯邀明月，对影成三人"是诗，东坡

---

[1] 《世说新语·容止》："庾太尉在武昌，秋夜气佳景清，使吏殷浩、王胡之之徒登南楼理咏，音调始道，闻函道中有屐声甚厉，定是庾公。俄而率左右十许人步来，诸贤欲起避之，公徐云：'诸君少住，老子于此处兴复不浅。'因便据胡床，与诸人咏谑，竟坐甚得任乐。"

转而为词，意境大异其趣。诗的整饬，放大了诗人的孤寂，让一个人的寂寞恢弘成天风海雨的苦情方阵，铺天盖地而来，卷芦拔茅而去；词的参差，消解了词人的寂寞，伴着那旋律节奏的顿挫宛转，让兴替之悲、个体之懑都化成了闲情逸致的小清新。所以你读起来，似只是闲愁而已。

在词的上阕里，明月、清风、我，三人同分夜色。此际无言，万籁俱寂，词人的寂寞归于自然的寂静，溶入浓浓月色、剪剪清风。至于词的下阕，因为别驾的光顾，一个人的寂静被打破，气氛转而变得喧闹，众人平分风与月——表面看来词人似在抱怨，转头想这恰是东坡所向往的庾公与人乐乐之境，何怨之有？

清平乐 　/ 黄庭坚

春归何处？寂寞无行路。

若有人知春去处，唤取归来同住。

春无踪迹谁知？除非问取黄鹂。

百啭无人能解，因风飞过蔷薇。

苏门四学士之中，秦少游不以诗著而长于词，黄庭坚则反之，不擅于词而精于诗。文武之道实则殊途同归，譬若一侠客惯用剑而不能耍枪，一将军惯用枪而不爱舞剑。黄山谷性情偏于峭硬，与苏轼同为书法四家，其作书如横槊赋诗，驰骋纵横不可阻挡；又同为宋诗圣手，其作诗也冷峻晦涩，使转铿然。

转而填词，黄氏则似力有不逮。好似使长枪大棒之武士改用越女剑，浑身气力全无着落。即举其长调名篇《念奴娇》（老子平生，江南江北，最爱临风笛），亦颇有牵强执拗之感。唯此篇小令，清新自然，一唱三叹，如词中黄鹂鸟然，堪当妙品。

蔷薇开时，繁花已尽，春去夏来，所谓"开到荼蘼花事了"。古往今来，人人惜春又伤春，有情之人皆不能免此雅俗。凡事不都如此？对一物事，或众人熙熙趋之若鹜，或孑然独立作壁上观。

一切无非外相。可贵者在于安之若素，不可动摇的，唯有本心。唐诗云："草木有本心，何求美人折？"反其道亦如是：美人有本心，何求草木春！

踏莎行 ／秦观

雾失楼台，月迷津渡，桃源望断无寻处。
可堪孤馆闭春寒，杜鹃声里斜阳暮。

驿寄梅花，鱼传尺素，砌成此恨无重数。
郴江幸自绕郴山，为谁流下潇湘去？

淮海词当以此篇为冠。诗词杰构，见仁见智。东坡激赏结句二语，静安以为犹皮相之见。叶嘉莹先生有言："就词中意境之发展而言，实在当以此词首尾两处所使用的象征的手法和所蕴含的象喻的意义为最可注意。"

以文解词，前辈诸公论析备矣。若以画解词，亦能别开天地，或可补贤者词学之资耳。余作众词画，初每以"婉约词"易绘，而"豪放词"难摹。及为淮海词写意，遂觉"婉约词"亦有不易作者。乃悟词意图难易之所由分，不在婉约豪放，乃在具象抽象，乃在形意，乃在虚实，要言之，乃在气象也。

苏、辛辈胸有万壑，平生风雷，常作情语，奋发心声，一泻千里，鲜有实相描画，更无细枝末节、雕砌刻镂，每令绘者捉笔兀立，措手不及；温、韦之徒率皆山明水秀，莺歌燕舞，花前月下，柳绿桃红，乃至床笫之畔，眉宇之间，但见物事营营，更少物外之意，意余之味，遂使画匠藻缋可得也。

若少游词则不然。以画眼观之，词眼正在"可堪孤馆闭春寒，杜鹃声里斜阳暮"二句，宜乎观堂诸公赞叹。孤馆春寒、暮色鹃啼，只二语，词意如画，读者已入画中行。然既画孤馆斜阳，首句何言"月迷津渡"？可知词句一虚一实而已矣。诚如迦陵先生所言："这首词中，实在只有'可堪孤馆闭春寒'两句，是从现实之景物正面叙写其贬谪之情境，而其他诸句则多为象喻或用典之语。"

然而，虽云虚实不同，语境却并不抵牾，此词最妙绝处恰在虚境、实境二者和谐共处，毫无违和。起句"雾失楼台，月迷津渡"，在象喻功能之外，更辅助后二句共同营造出凄迷哀婉的气氛。"雾失""月迷""孤""闭""暮"，一连串字汇的使用推波助澜，将这种凄婉气息笼罩全章。所以静安先生才说："'风雨如晦，鸡鸣不已'……'可堪孤馆闭春寒，杜鹃声里斜阳暮'，气象皆相似。"其所以相似者，功并不仅在此二语而已矣。

进言之，词能动人，全在"词眼"，警语豁人耳目。故曰此词动读者心处，正在"可堪"二语；然动词人心心处，却在结语也。"郴江幸自绕郴山，为谁流下潇湘去"，正是词人动情命意之所由，是"词心"也。因为同是天涯沦落人，东坡最能感同身受，所以为之恻然叹赏。一生沉沦下僚的少游，不停地被贬谪，命运全不在自己手中，连亲友来信都砌成"无重恨"，美好而短暂的往日时光，只成为追忆和幻想。"雾失""月迷"者固然是虚构和象喻，又何尝不是冷酷现实的心相。

点绛唇 ／ 秦观

桃源

醉漾轻舟，信流引到花深处。

尘缘相误，无计花间住。

烟水茫茫，千里斜阳暮。

山无数，乱红如雨，不记来时路。

此篇词中，少游自比武陵人，也作梦里桃源行。陶令之后，王维《桃源行》有诗在先："春来遍是桃花水，不辨仙源何处寻。"词意与之相似，所异者气象也。摩诘诗清逸之中含丰饶之致，少游词纤秾笔下生凄美之姿耳。

少游词之凄美意境，盖由其人之天性而来，所谓"古之伤心人也"[1]。人之情性禀受于天，故面对同样题材、同样景致，摩诘诗与少游词气象大相径庭。宋人谓"少游词虽婉美，然格力失之弱"，实允当之论。清人以为其"风骨自高，如红梅作花，能以韵胜，觉清真亦无此气味也"，二说亦无抵牾处。少游词格高骨清，唯嫌力弱耳。然取譬红梅则非矣，倒恰合比之幽兰。幽兰气韵绝高，然只是草本，秀叶纷披，数茎扶摇，惜其难受凛风摧折也。

以兰心视少游词心，可悟其词之味也。冯煦评少游词曰："寄慨身世，闲雅有情思。酒边花下，一往而深，而怨悱不乱，悄乎得《小雅》之遗。""他人之词，词才也；少游，词心也。得之于内，不可以传。"词之源流，其实皆出《风》《雅》，沿袭之下，乐府之辞但以儿女情长为本。少游词深入《花间》，自以绮靡为宗，凭才情高绝而跳脱五代窠臼，乃能另开生面，遂为倚声词正宗。

所以说少游词乃正宗的"词人之词"。他的词纯之又纯，纯以"词心"为词，足以与"诗言志"之诗区分开来。正如叶嘉莹先生所言，少游词里面不必有寄托、有比兴、有理想，"专门只表现那柔婉幽微的一种感受"。

---

[1]《人间词话》："冯梦华《宋六十一家词选·序例》谓：'淮海、小山，古之伤心人也。其淡语皆有味，浅语皆有致。'余谓此唯淮海足以当之。"

少游词之缺点也一样显然。文字徜徉于水际花间，笔力过于轻柔纤细，气象未足远大。炼字虽婉约绮丽，终不及后来之清真沉着厚重，李易安比之以"贫家美女"，幽幽如空谷小兰。观此词，"醉漾""信流""引""无计""不记"等辞藻无一重笔，极细致温柔，小心翼翼如履薄冰，然此间不着力处，凡夫用尽全力亦不能到。介存谓少游意在含蓄，正以平易近人，"如花含苞，故不甚见其力量。其实后来作手，无不胚胎于此"，信然。

青玉案 ／贺铸

凌波不过横塘路。但目送、芳尘去。

锦瑟华年谁与度。

月楼花院，绮窗朱户。惟有春知处。

碧云冉冉蘅皋暮。彩笔空题断肠句。

试问闲愁知几许。

一川烟草，满城风絮。梅子黄时雨。

方回词味，在美成、稼轩之间，既秾且淡，时疏而密。其秾处似美成而未足，其疏处若稼轩而过密。清人评此词"为中正之则，人因此词呼他为'贺梅子'，词情词律高压千秋，无怪一时推服"，实盛誉之至矣。所谓"中正"，大概只是"正常"而已，何来"高压千秋"哉？通观全篇气象，无非北宋中等规模、五代残存遗绪而已。唯结语妙绝，惊人眼目，顿成高蹈。

以一句而享誉千古，代不乏人，所谓"一篇之工，脍炙人口"也。而黄山谷诗云："解道江南断肠句，只今唯有贺方回。"料以鲁直之粗硬，自不能为少游、方回之柔媚耳，故对其推崇有加，亦在情理之中。至于后世赞其"工妙之至，无迹可寻，语句思路亦在目前，而千人万人不能凑泊"，义理又安在哉？虽然王闿运说："一句一月，非一时也。不着一字，故妙。"似有强为之解之嫌矣。《诗经》之《采葛》《桃夭》诸篇，皆入此理，其佳处岂在此间哉？如《桃夭》但言"灼灼其华""有蕡其实""其叶蓁蓁"，时序更替可知也，而诗之境界却不在此处。

"一川烟草，满城风絮。梅子黄时雨"，妙在气象。烟、风、雨，气也；草、絮、梅子，象也。有气，有象，气象混融而词之高格竟成，其义一也。又烟草、风絮、梅雨，物候万象也；而辞藻拣择、音节旋律、韵律铺张，人工造化也。以人力驭物象，如蛟龙腾云施雨，即词家捉笔之行气。象以气行，气象相生，其义二也。

词之气象，即人之气象。词家每有经纶手，惜不常在断肠处。读方回词可知之矣。

隔浦莲近拍　／ 周邦彦

中山县圃姑射亭避暑作

新篁摇动翠葆[1]，曲径通深窈。

夏果收新脆，金丸落、惊飞鸟[2]。

浓霭迷岸草。蛙声闹，骤雨鸣池沼。

水亭小。浮萍破处，檐花帘影颠倒[3]。

纶巾羽扇，困卧北窗清晓。

屏里吴山梦自到。惊觉，依然身在江表。

---

[1] 新篁：指新生之竹。翠葆：草木青翠茂盛貌。
谢朓《侍宴华光殿曲水奉敕为皇太子作诗》："翠葆
随风，金戈动日。"

[2] 夏果熟似金丸，此处辞藻经精心雕琢，以触动
读者之视觉和味觉。

[3] 此句历来为评家争讼，"檐花帘影"或以为"帘
花檐影"。"檐花"一语前人屡用之。杜甫诗"灯前
细雨檐花落"，丘迟诗"共取落檐花"，刘邈诗"檐
花初照日"，李白诗"檐花落酒中"。自当以"檐花"
为确，个中莫非诗境所之，毋庸纠缠尔。

美成自是"野狐精"[1]，迁想妙得非凡夫能为。每谋篇作一词，辄精心布一局，诱读者入此迷宫般的幻境。

起笔悠悠哉，微风摇摇，竹径通幽，看似闲闲无事，我们便随着他静静地走。走着走着，蓦地里，果落、鸟起，宁静为动态一时打破；紧随着眼前霎时豁然，池塘、水岸，和岸边无垠的青草，然而这份豁然马上再次变得朦胧，因为眼前的草岸笼罩在一片雾中；而雾草也只不过带来瞬间的静谧，一片蛙声已响彻耳畔，一场骤雨已沸腾了池沼。至此，读者在清真词的迷幻花园里行走多时，移步换景、忽动忽静，尚未看出个端倪，词的上半阕且已告一段落。

此刻我们已身处池畔，耳目之间五色俱陈正是嘈杂眩乱，视界里又是蓦地跃出一个小水亭。这水亭的出现如此突然突兀，词人竟未曾给读者任何的提醒，让人讶异下半阕的开场是如此的劈头盖脸。然而千呼万唤的主人恰在此际现身——水亭中的词人，羽扇纶巾，北窗高卧，正值酣然一梦。不知是蛙声，还是这骤雨，或是因他做的某个梦，抑或是我们这些不速之客的冒昧造访，主人忽地惊醒，看见眼前的一切，恍然若失，他低头望着枕屏喃喃自语："屏里吴山梦自到。"原来词人又在梦中回到了他的故乡。

只是思乡词而已，却被美成弄得如此美轮美奂、迷离颠倒——"颠倒"正是清真词布局之绝技，"迷离"乃是其意境也。读清真词，先须顺读，再逆

---

[1] 杨湜《古今词话》云："金陵怀古，诸公寄词于《桂枝香》，凡三十余首，独介甫最为绝唱。东坡见之，不觉叹息曰：'此老乃野狐精也！'"本为禅门中语，苏轼此处乃赞叹钦服之意。

读，最后通读，反复体味之下，追寻这迷幻花园的来时径，方可知晓词家布局之妙，炼字之精，音节之谐，用意之深。

陈洵说："自起句至换头第三句，皆'惊觉'后所见。'纶巾''困卧'却用逆叙。身在江表，梦到吴山，船且到，风辄引去。仙乎仙乎！周词固善取逆势，此则尤幻者。"陈氏论清真词笔法之"逆"、意境之"幻"，皆可谓慧眼独具，一语中的。然以"惊觉"前所述皆词人醒后所见，则亦是亦非，是耶非耶，以其词"似花还似非花"故也。

"新篁翠葆"至"檐花帘影"这大段景象既非梦境所见，亦非梦醒所见，此中作法正是美成超绝处。用今日话说，这般手段实在高明，先进到有点超前。类似电影蒙太奇，时间上来说可以是同时，也可以是历时；空间上说，镜头在推拉摇移中不断变化；人物上来说，存在主体视角和客体视角之间的切换。作者这种高超的理念和作法，大约"全得于天也"，时人不能强解，自无可厚非。而后世吴文英专学美成，亦可谓别具只眼矣。其《踏莎行》立意行文即仿此阕，惟吴词上阕全摹梦境，周词一笔带过尔，其逆势之法则如一也。然可惜梦窗词往往用意太深、用力过重而致词容繁琐，如"七宝楼台"[1]，使人读之不快，遂遭非议，讥毁之声不绝。

相形之下，清真词则鲜有訾议。词境幻则幻矣，然其布局谋篇、遣词造

---

[1] 张炎批梦窗词语，详见梦窗词篇。

句、度曲用韵之功却又尽在实处，所谓"沉郁顿挫"者，真实不虚，无真实即无此美幻也。词至美成乃成词学，犹诗待子美方可治矣。信乎！

苏幕遮　／周邦彦

燎沉香，消溽暑。鸟雀呼晴，侵晓窥檐语。
叶上初阳干宿雨，水面清圆，一一风荷举。

故乡遥，何日去。家住吴门，久作长安旅。
五月渔郎相忆否，小楫轻舟，梦入芙蓉浦。

王国维举清真词此句"叶上初阳干宿雨，水面清圆，一一风荷举"，谓"真能得荷之神理者"，确非过誉。试拈杨万里名篇"接天莲叶无穷碧，映日荷花别样红"较之，顿觉诚斋呆板乏味。

清真词耐嚼，如食橄榄，反反复复，余味不尽，个中全在乎美成含蓄细腻之思而任运以清雅自然。《苏幕遮》一篇所写，无非思乡情，却在短短小词中浅吟低唱，一唱三叠：一叠，词人晨起燃香，欣闻檐下乌雀欢语，乌雀即乌鹊、喜鹊也，民间认为其善感物而能预知天晴；二叠，雨过天晴，眼前荷叶随风起舞，荷之胜景，无过江南，而钱塘正是作者的故乡，所谓"三秋桂子，十里荷花"，遂悄然引出词作主旨乃在故园之思；三叠，故乡距汴京[1]万里之遥，何时才能再乘吴中渔郎的小船，荡漾在熟稔的荷塘？惟有在思乡的梦中……而当词人从昨夜的梦中醒来，听到的是乌鹊呼晴的欢叫。

于是，一方面，从词的结构层面，终点又回到了起点；另一方面，从词义内涵方面，它通过人们熟悉的文学典故进一步强化了思乡的主题：乌鹊呼晴不一定仅是实写，它实际上拥有更深的意旨，这个意旨既统领全篇又对后文作出了负责的呼应。唐代诗人徐璧的《失题》诗："双燕今朝至，何时发海滨？窥檐向人语，如道故乡春。"隋炀帝的《晚春》："窥檐燕争入，穿林鸟乱飞。"显示出美成作此词乃刻意写乡思，窥檐则以雀代燕，"乌鹊呼晴"句无非瞻前顾后之虚设尔。

---

[1] 唐代之后，诗文里的长安每借指帝都。

此正是清真词绝妙处。如是循环往复，让词境若隐若现、若即若离地形成一个虚虚实实的圆环，如袅袅沉香的烟，如芙蓉浦上的雾。周济曰："若有意，若无意，使人神眩。"吟至深处，你不知它从何处而来，又到哪里结束。

相见欢　／朱敦儒

秋风又到人间，叶珊珊。
四望烟波无尽、欠青山。

浮生事，长江水，几时闲。
幸是古来如此、且开颜。

希真词清旷俊爽，状在婉约、豪放之间，神气独具，不入俗眼。彊村编《宋词三百首》，竟不收《樵歌》一阕，何偏之甚矣，不公至此哉？

以气象观之，五代至有清词史千载，格高体大而不失骚雅者不过四人尔：苏、辛之间有希真，清初再出一迦陵。惟此四公飘然不群，荦荦特立，每挽狂澜于既倒，振旧象之颓靡，词风遂得不废。

"相见欢"即"乌夜啼"，《樵歌》载同题词七首，此为其一。第一首最为著名，词曰："金陵城上西楼，倚清秋。万里夕阳垂地、大江流。　中原乱，簪缨散，几时收？试倩悲风吹泪、过扬州。"写乱世家国之慨，古今兴废之悲，思沉语壮处，不减唐人诗句。此阕则笔墨疏快，而气力浑雄，清旷俊爽自是希真当家本色，尤胜名篇。《草堂诗余续集》谓其"闲旷"，学者笺释说："有水无山，别是烟波秋色。"然如此一番烟波秋色岂真景语耶？细读此词须会词家深心处。

静安谓"以我观物，故物皆着我之色彩"，秋风又起，黄叶珊珊，抬眼弥望更无他物，唯四面烟波浩淼不尽，虽不言情，情已在其间矣。词家自是强颜欢笑，聊以自慰，独立寒秋江畔的非是人影，更是悲寂苍茫之心。青山无觅，一个"欠"字，词家心事早已含蓄托出。后世稼轩最具慧眼，特爱《樵歌》，作词每以"青山"意象取譬，又自言"效希真体"者，岂虚辞妄言哉？

《古今词统》云："读二词，老大伤悲，使人黯然。"伤悲，词意所固有；黯然与否，则在读词之人而已。欲知希真心性，只堪比之同类人。"幸是古来如此、且开颜"，即"莫听穿林打叶声，何妨吟啸且徐行"尔，亦即"且喜青山依旧住"尔，伤悲而不沉沦，又何言黯然哉！

如梦令　　／李清照

昨夜雨疏风骤，浓睡不消残酒。

试问卷帘人，却道海棠依旧。

知否?知否？应是绿肥红瘦。

此小令即四两拨千斤之典范也。日常琐事，眼前即景，主仆问答，徐徐道来，下笔处云淡风轻，看似全无痕迹，而无限情思飘然词外。缪钺评曰："虽无深意，而婉美灵秀之致，非用力者所能及。"

凡写诗填词，有着力者，有不着力者，二者貌离神合，唯运气一以贯之。试举《点绛唇》，"悲风吼，临洺驿口，黄叶中原走"，此着力者，字字沉雄，力透纸背；"山无数，乱红如雨，不记来时路"，此不着力者，轻描淡写，氤氲满目。此理亦如书画，颜鲁公、黄山谷、王觉斯、赵之谦、吴昌硕辈，皆气沉力壮，故笔下乃现刚猛雄强之气象；虞世南、杨风子、何绍基、于右任之流，则气含手松，信手拈毫自然婉媚，而气未尝一泄也。

易安既为女子，其"无力"处一任天然，更为男子所不及。主仆问答，语味极淡，而多少幽怀心事含蓄不尽。学者每以美成《少年游》"一夕东风，海棠花谢，楼上卷帘看"作比，即知男女词家思路迥别，易安词所以更妙者，乃在情深而微，思婉而盈也。至若孟浩然《春晓》诗，则诗心词意相通，堪与比肩颉颃也。

"绿肥红瘦"四字历来最为人称道，其妙亦通画理，如水墨小品，忽作点景而赋以重彩，立时活色生香，惹人醒目。俞平伯评："全篇淡描，结句着色，更觉浓艳显豁。"如是。

一剪梅 ／ 李清照

红藕香残玉簟秋，轻解罗裳，独上兰舟。
云中谁寄锦书来？雁字回时，月满西楼。

花自飘零水自流，一种相思，两处闲愁。
此情无计可消除，才下眉头，却上心头。

易安此词堪称婉约典范。"红藕香残玉簟秋"，起句吟出，全篇意境即现。无怪前人评此七字曰"吞梅嚼雪""精秀特绝""不食人间烟火"[1]。

或谓此篇结构工稳、措辞精巧，固然。"雁字""西楼""一种""两处""眉头""心头"诸语，非才思极细密敏捷者不能到。然而如此种种可谓只见其表，未明其里。写诗填词也好，作书绘画也罢，第一难明亦是第一要义乃在气韵。虽似老生常谈，实在只能意会，不得不反复重申。

好词不在句工，不在语妙，不在意深，只在韵胜，只在神完气足。三言五语看似也不过寻常，已早引人入此境中，此之谓神妙。"红藕香残玉簟秋""寂寞梧桐深院锁清秋""对潇潇暮雨洒江天，一番洗清秋"，句句不同，句句入得秋意三昧。此妙皆在有情无意四字处，发心有情，始能动人；落笔无意，方夺天工。

余尝数作此图，非工即画，皆不称意。一夕沉吟此词一通，情之所至，拈纸直书，心无旁骛，荦然清新而绝无烟火，似有凉凉秋意弥漫残藕间者。益知诗画之理同归，水之积也不厚，何负兰舟，神妙岂是偶得哉？

---

[1] 清代梁绍壬《两般秋雨庵随笔》卷三："易安《一剪梅》词起句'红藕香残玉簟秋'七字，便有吞梅嚼雪，不食人间烟火气象，其实寻常不经意语也。"清代陈廷焯《云韶集》卷十："起七字秀绝，真不食人间烟火者。梁绍壬谓：只起七字已是他人不能到。结更凄绝。"《白雨斋词话》卷二"易安佳句，如《一剪梅》起七字云'红藕香残玉簟秋'，精秀特绝，真不食人间烟火者。"

醉花阴 ／李清照

薄雾浓云愁永昼，瑞脑消金兽。

佳节又重阳，玉枕纱厨，半夜凉初透。

东篱把酒黄昏后，有暗香盈袖。

莫道不消魂，帘卷西风，人比黄花瘦。

诗词所贵者在用字含蓄而表情直接。用字含蓄不露骨，则生雅意深致，读之回味无穷；表情直接不迂曲，则令读者感同身受，主客全无机心，即王国维所谓"不隔"也。易安此词正如是。

无非女儿心，无非相思意。一经易安手，心事点点滴滴，笔底字字句句，便全都灵动起来，活生生地仿佛从纸面上跃起，升腾飘舞，拼成一帧好画图。画中的女词人，东篱采菊，黄昏把酒，薄雾消魂，香风生袖。

全词只是一个"愁"字，除起笔直抒外，通篇不再言愁，但言菊花；言菊花而全章不着一"菊"字，只说东篱，只说把酒，只说暗香，只说"人比黄花瘦"。表情之直接与用字之含蓄，二者兼容，意致迭出，词家能事毕矣。

以瘦说愁，以花比瘦，非易安独创，古人多有："人与绿杨俱瘦""人瘦也，比梅花、瘦几分""天还知道，和天也瘦"。然诸男子所言瘦者，率嫌生硬，皆不若易安运用天然，浑脱浏漓，全无痕迹。男子以瘦言愁之佳者，莫过"衣带渐宽终不悔，为伊消得人憔悴"二句，说带宽而不说瘦，说瘦而不拟以花草，由此亦可知作词之妙处，男女亦有别焉。

"人比黄花瘦"自是绝唱，然明人有谓"但知传诵结语，不知妙处全在'莫道不消魂'"，意谓因有了此句点醒，才引发结句深情。唐圭璋也说："尤妙在'莫道'二字唤起，与方回之'试问闲愁知几许'句，正同妙也。"然而，此番论调究竟强作姿态，似是而非，其实舍本逐末。诗词文章作法，无非起承转合，论作用乃缺一不可。然品鉴诗词，要在韵味、意境和气象，读者何须强调某句环节之功用？好比面对一株开花的树，人所乐者在花也，岂有大论"妙在树干和枝叶"之道理哉？

贺方回词，结语与此颇有神似处。然若论易安词笔法之源，或当属冯延巳之《鹊踏枝》。上阕已言"日日花前常病酒，不辞镜里朱颜瘦"，中转则唤起"为问新愁，何事年年有"，至于结语曰"独立小楼风满袖，平林新月人归后"，正与易安词妙理全通。

念奴娇　／张孝祥

过洞庭

洞庭青草，近中秋，更无一点风色。

玉界琼田三万顷，着我扁舟一叶。

素月分辉，明河共影，表里俱澄澈。

悠然心会，妙处难与君说。

应念岭表经年，孤光自照，肝胆皆冰雪。

短发萧骚襟袖冷，稳泛沧溟空阔。

尽挹西江，细斟北斗，万象为宾客。

扣舷独啸，不知今夕何夕。

月色澄明，湖光浩淼，天地间唯一人一舟、划然长啸。此番意境，此等气象，让人想起东坡，想到太白。与李白一样，张孝祥生前就被称为"谪仙"，并有"掷砚禁蛙"的神话传说；而身为皇上钦点的状元，其潇洒倜傥、傲视群小之态度，在气质上也与东坡颇多相似之处。

于湖居士词存世不多，论者将其归于豪放派。其实哪有什么"婉约"与"豪放"之分，无非词家性情修养各异，下笔自是不同罢了。公元1166年，安国因谗落职，由桂林北归，途经岳阳，写就此词。则安国泛舟洞庭之际，恰是人生不得意之时。此时的张安国，湖上望月，心中所系者不仅是个人仕宦生涯之沉浮，更有北国故土恢复无望之悲凉。提笔乃直抒胸臆，胸间郁勃不平之气如那月光，光射寰宇；词人之胸怀却似那湖水无涯，浩浩汤汤。

他应该想到了他的前辈苏学士，一样的才高学富，一样的壮志难酬。安国自谓"孤光自照，肝胆皆冰雪"，一如东坡独语"中秋谁与共孤光，把盏凄然北望"。所不同者，东坡心中所念尚有人间温暖，有胞弟，有同仁，有学生，有妻子，还有知己朝云。所以读坡公诗词，你就能感受到在飘然不群的出尘之表下，总有一层烟火气在文字深底里氤氲袅袅，熏煨着词章的温度。

而安国这点却不同，他此时只有他自己，好像独与天地精神相往来了——北斗作酒，江湖为醴，星河与素月便是他的一片冰心，他扣舷独啸，谁听与不听也不打紧，万象皆是他的宾客。这有些像太白"对影成三人""相期邈云汉"的意思了。所以东坡与李、张所不同之处正在于此，当神宗皇帝读到"高处不胜寒"，感叹"苏轼终是爱君"！其实东坡所爱非一君而已，他爱人、爱人间、爱人情冷暖，是儒家提倡之仁。东坡以儒为本，以道为辅，他也想"小舟从此逝，江海寄余生"，但只是说说而已，却终究做不到。安国何尝不是"仁以为己任"，何尝不想"达则兼济天下"，然而现实挫折之下，看似相同特质的人，往往会作出不同的反应和抉择——在安国这里，道家思想更占上风，所谓字如其人，不容说谎，每个人之性情差异仅在茫茫细微处，连写诗填词都是如此，何况其他？

王闿运评于湖此词"飘飘有凌云之气，觉东坡《水调》犹有尘心"，亦可谓不解词也。东坡词的好，就好在字字句句无时无刻不有一颗"尘心"；于湖词的好，就好在行笔之际俗事涤荡殆尽，不染纤尘。譬诸草木，兰以幽绝，桃以炽胜，若得气韵生动，何分高下哉！

摸鱼儿　　／ 辛弃疾

淳熙己亥，自湖北漕移湖南，同官王正之置酒小山亭，为赋。

更能消、几番风雨？匆匆春又归去。

惜春长怕花开早，何况落红无数。

春且住！见说道、天涯芳草无归路。

怨春不语。算只有殷勤，画檐蛛网，尽日惹飞絮。

长门事，准拟佳期又误。蛾眉曾有人妒。

千金纵买相如赋，脉脉此情谁诉？

君莫舞！君不见、玉环飞燕皆尘土。

闲愁最苦。休去倚危栏，斜阳正在，烟柳断肠处。

此词历代评价甚夥，梁启超说："回肠荡气，至于此极；前无古人，后无来者。"虽曰推崇备至，亦并不为过。稼轩吾最爱，稼轩词佳者比比皆是，然若拈一首冠绝诸篇，其惟此乎？

此篇为与同僚故友山亭饮酒之席间所作，其时稼轩已逾不惑之年，回首半生浮沉，逞志不得，复兴无望，乃知天下大局已定，遂有壮思沉沙、回天无力之悲叹。胸中块垒奇崛峻嶒，不平之气捭阖鼓荡，下笔如拏云掣电，劈头作空中断喝。所以陈廷焯评曰："'更能消'三字，从千回万转中倒折出来，有力如虎。怨而怒矣，姿态飞动，极沉郁顿挫之致，结得怨愤。"

真是"结得怨愤"。稼轩怨矣！安得不怨？想当年，雄姿英发、气吞万里，少年千里走单骑；到如今，十论不采，九议不纳，满怀经略闲置，英雄走马观花。春光还能留几时？留不住呵！不过只有那屋檐蛛网，粘得些杨花柳絮，勉强算作暮春的印记。稼轩愤矣！安得不愤？半壁江山沉沦，天涯芳草凄迷，金兵铁蹄下，纵得惜春却早是"落红无数"，大好河山"更能消、几番风雨"？英雄美人总遭人嫉，那些善妒的小人们，你们却也不要高兴得太早，一切终是尘归尘、土归土。最可叹我们的王朝，正好似那日薄西山，我心西悲，悲心恰在那烟柳断肠处。

子曰："诗可以兴，可以观，可以群，可以怨。"怨则怨矣，伟大的诗人总能够"发而皆中节"，是因为心中无私，唯有浩然之气，学者所谓笔意"温厚"也。尽管如此，《鹤林玉露》的作者罗大经依然替稼轩捏了一把汗：诗人因文字而罹难惹祸的例子还少吗！汉代"种豆"、唐代"种桃"不都是先例吗？宋孝宗没有加罪于辛弃疾，真算是有德之君了。

这首词的词意，是借惜春以寄慨。惜春是诗词永恒的母题，但词家并未步花间词人的"香尘"，落入闺情一类的窠臼，而能别有怀抱，吞吐八荒，寄托无限家国悲思，这就见出大词人的气象。陈廷焯说此词"惊雷怒涛中，时见和风暖日"，夏承焘说它"肝肠似火，色貌如花"，都是一个意思。

此词的好，人所共见。婉约派视其婉约，豪放派观其豪放，其实既非婉约，亦非豪放。只是一种大气象，浩浩然充塞天地，翕翕然闪烁字里行间，正所谓"大开户牖吐真气，收拾光芒入小诗"，回肠荡气，深婉豪迈。此等境界，纵于唐诗中也唯见之李、杜，更况其余？则稼轩安得不可贵可爱哉！

菩萨蛮 / 辛弃疾

书江西造口壁

郁孤台下清江水，中间多少行人泪。

西北望长安，可怜无数山。

青山遮不住，毕竟东流去。

江晚正愁余，山深闻鹧鸪。

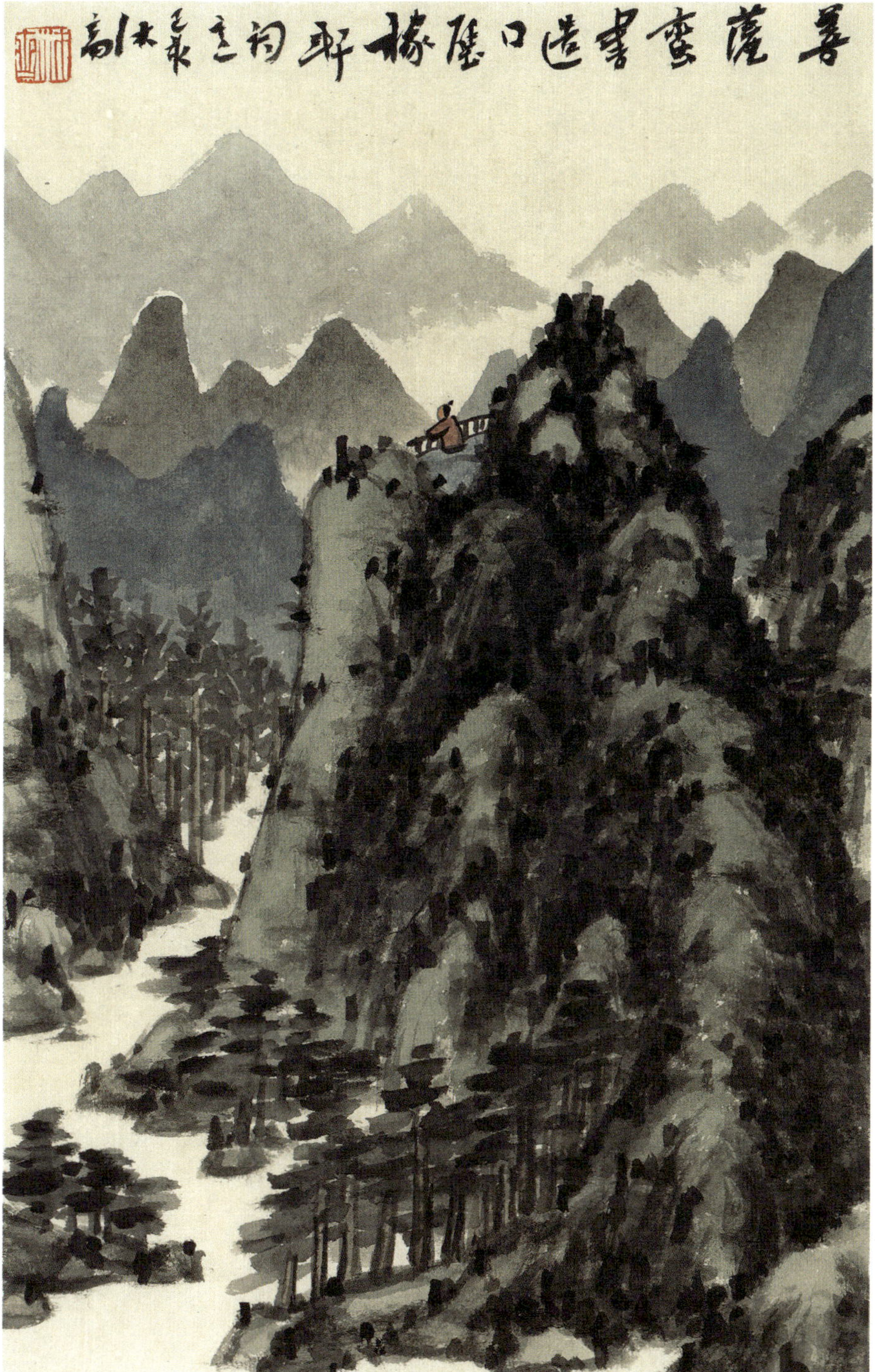
菩薩蠻書造口壁稼軒詞

此小令千古杰构，似毋庸赘言。词人登造口郁孤台，怀想南渡之初往事，叹息恢复中原志不得行，寄慨万端写下此篇，令人想见"忠愤之气，拂拂指端"。

此词驰笔以神，跌宕转折，恰似山横水流，而最妙处更在结句。陈廷焯评："血泪淋漓，古今让其独步。结二语号呼痛哭，音节之悲，至今犹隐隐在耳。"陈氏对于辛词，一面击节叹赏，一面又持审慎态度，故往往不能像其评价其他词家那样切中肯綮、淋漓痛快。此词结语自有无限悲叹之意，然何至于"号呼痛哭"哉？而"血泪淋漓"亦未尝中的也。

稼轩词自是沉雄激昂，悲愤慷慨，有莫不可当之概，此言其气象也。若言其笔法，则极尽风雅，无限含蓄，虽五代名家不能出其右也。吾谓其如老杜诗，正在此处。杜、辛绝有气魄，字句拔山填海，诗心极豪迈，出手、收束处则往往温厚沉郁，非有盖世才力不能为此。家国之悲，二公泣血亦当和泪而吞，化之为"抟扶摇而上"之力，断无抢地哀嚎之语也。至若周济以"借水怨山"评此词，尤是皮相，真误读甚矣。既曰"可怜无数山"，故水家山，稼轩心往可知矣；"青山遮不住"，遮不住金人铁蹄也；"毕竟东流去"，呼应首句"多少行人泪"也。稼轩之于青山之爱，词集中屡见，"青山欲共高人语"如是，"我见青山多妩媚"如是，"且喜青山依旧住"亦复如是。爱尚不足，安得怨乎！

结语乃以"尽兴"之笔收束。"江晚正愁余，山深闻鹧鸪"，即"关关雎鸠，在河之洲"也，即"喓喓草虫，趯趯阜螽"也，亦即"风雨如晦，鸡鸣不已"也。"喜怒哀乐之未发"，各有所托，各自不同；"发而皆中节"，乐而不淫，哀而不伤，则其义一也。不解此，安敢评稼轩！

清平乐 / 辛弃疾

村居

茅檐低小，溪上青青草。

醉里吴音相媚好，白发谁家翁媪。

大儿锄豆溪东，中儿正织鸡笼。

最喜小儿无赖，溪头卧剥莲蓬。

若说此词乃一幅江南村居图，仍嫌未足。自是活泼泼一帧动态影像，无限生机，经由稼轩神来妙笔洒脱而出。没有学者词的矜庄，也无诗人词之堂奥，更无词人词的婉曲，只是一派天真，轻松吟唱，质朴道来。读者却从这份词境中顿感惬意闲适，仿佛已随词家信步垄间溪上，尽享村居逍遥。

稼轩词才真若天风。《易》："天风姤，天下有风。"阴阳相遇，品物咸章。其才思，登临怀古，则风急天高；把酒秉烛，则帘卷西风；花前月下，则薰风拂面；归园田居，则云淡风轻。后村评稼轩"横绝六合，扫空万古，自有苍生以来所无"，绝非过誉。无此横扫万古之才，安能及此境地哉！至若花间词人呢喃粉泪，嘤嘤细语，只合嫩笔纤字书于锦帐翠幄中，不可同日而语甚矣。

稼轩以口语填词，典雅沉郁依旧，是常人所不能到处。因其学古而能化，自能深入而浅出之故也。"大儿""中儿""小儿"数语，似寻常俗话，乃从古乐府手法中变来。《相逢行》："大妇织绮罗，中妇织流黄。小妇无所为，挟瑟上高堂。"王筠《三妇艳》："大妇留芳褥，中妇对华烛。小妇独无事，当轩理清曲。"乃知诗词圣手，学识渊源亦自有所从来，非泛泛之言，空穴来风。

结句尤妙。有选本作"溪头看剥莲蓬"，私以为有违词意。"卧剥"绝胜"看剥"好，善摹小儿动态之理趣也。而且，大儿锄豆，立也；中儿织笼，坐也；小儿剥莲，卧也。错落有致，生机叠发，词之意味乃出，方寸之内气象万千矣。

鹧鸪天 　/ 辛弃疾

代人赋

陌上柔桑破嫩芽，东邻蚕种已生些。
平冈细草鸣黄犊，斜日寒林点暮鸦。

山远近，路横斜，青旗沽酒有人家。
城中桃李愁风雨，春在溪头荠菜花。

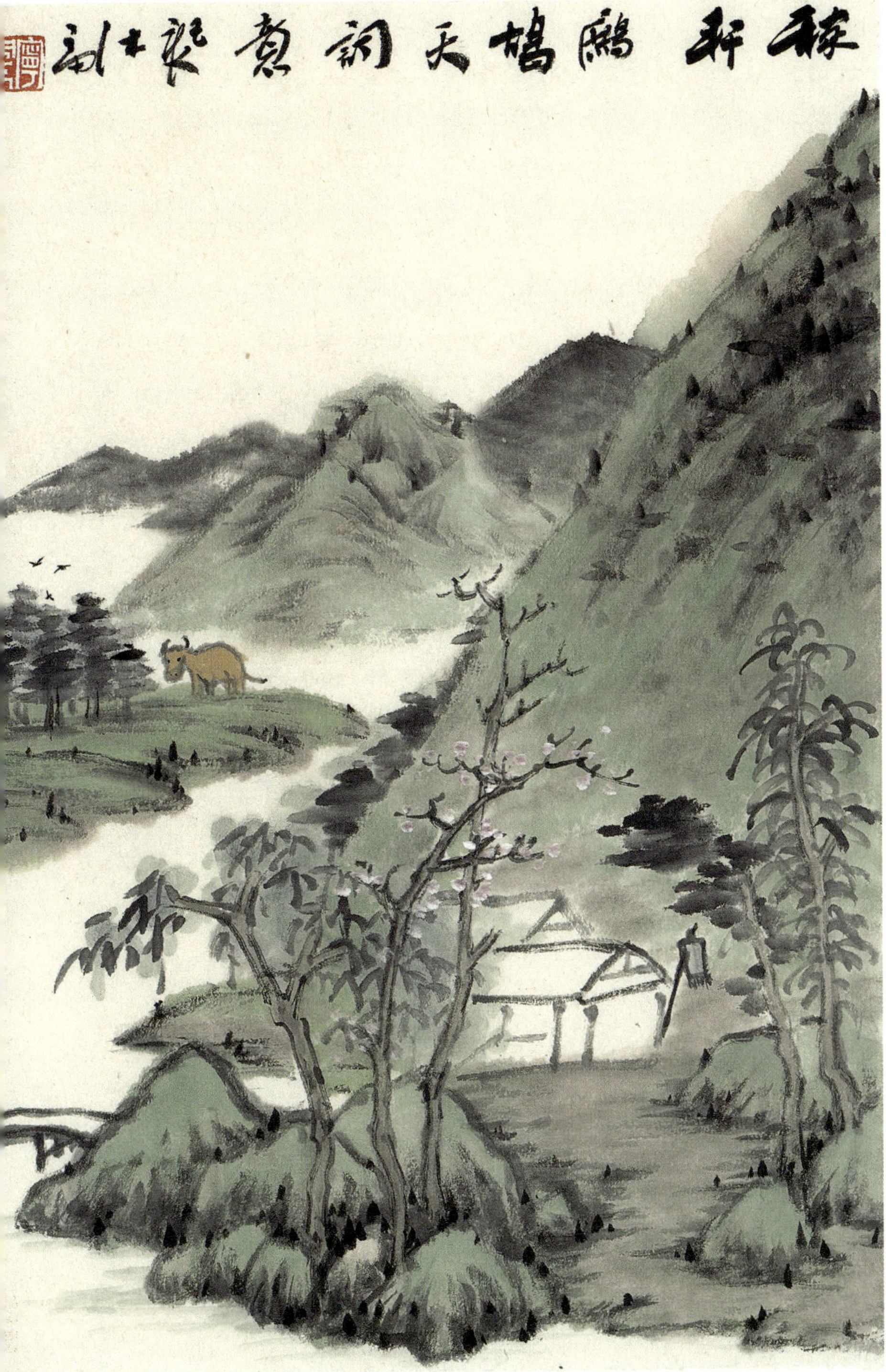
稼轩鹧鸪天词意

读此词可知稼轩超逸处，东坡亦不能到。东坡作田园词，如"敲门试问野人家"，格调虽好，士夫语气依旧，是此身偶值田园，心却不在焉，词味遂犹隔一层也。稼轩则不然，身心俱在，便觉风味殊胜。

此篇前人比之以陶、王、孟诗，是见其田园之乐尔。然稼轩田园词不仅有山野风味，更凭词以寄慨，能进亦能出，可谓与之俱化，是他人所未必及也。上阕，直叙眼前景，山村风物生机盎然，便是一幅点景山水画。过片，起笔仅用"山远近，路横斜"六字，便作移步换景，使人随其在画中游，直游到"青旗沽酒"处乃戛然而止。郊游而遇酒肆，接下来的场景交给我们去想象。此处词人不消说，读者自能心领神会，便是高手之笔断意连的写法。

结句，笔势陡然再一转，"城中桃李愁风雨，春在溪头荠菜花"，以景语抒情，以情寄意。其意云何？有哲思，有情理，有妙悟，有讽喻，见仁见智而已矣。笔尽而意不尽，意隐而若未隐，词家心事如溪水，糅杂溪畔野花香，余味绵邈不断，情致弥漫无边。

西江月 ／ 辛弃疾

醉里且贪欢笑，要愁那得工夫。
近来始觉古人书，信着全无是处。

昨夜松边醉倒，问松"我醉何如"？
只疑松动要来扶，以手推松曰"去"！

稼轩两首《西江月》，"明月别枝惊鹊"及此篇"醉里且贪欢笑"，余深喜之。两作并观，前一首写乡间秋夜小景，笔调轻快，纯用白描，韵味恬淡清新；后一首词之内容亦在夜晚，场景叙事，人物造像，生动传神。

此词亦是稼轩善于用典而能化之典范。上阕，"近来始觉古人书，信着全无是处"，出《孟子》"尽信书则不如无书"。但稼轩取意与孟子不同，孟子是诚恳地告诫，稼轩乃悲愤地表达。因为古书中的人事和道理，于今已行不通，并非古书过时，却是"而今已不如昔"。下阕，"以手推松曰'去'"，借《汉书》龚胜故事。龚胜乃汉代贤臣，一次众议不和，独胜固执己见，拒不随波逐流，大臣夏侯常劝阻，龚胜将其一把推开，喝曰："去！"这是一种倔强的姿态，是"众人皆醉我独醒"的担当，是宁作狂狷、不为乡愿的君子人格之表现。稼轩欲学前贤而佯醉推松，正是南宋时局下抗金志士不屈精神的写照。

词意充溢着满腔愤懑和豪情慷慨，下笔却是这般诙谐可爱，寄悲思苦痛于倜傥快意间，最是高明。如啜老茶，初尝但觉其清平隽爽，回味方知其沉厚甘醇。此之谓牛刀割鸡、椽笔书笺也。

稼轩这首"醉词"，可比阮籍《酒狂》"醉曲"。阮、辛皆似醉非醉，比醒者更清醒。醉意与狂态，只看与外面那个庸俗冷漠、麻木不仁的世界。逆风高蹈、特立独标，才是这词作和琴曲的精神。

点绛唇　　/ 姜夔

丁未冬过吴松作

燕雁无心，太湖西畔随云去。

数峰清苦，商略黄昏雨。

第四桥边，拟共天随住。

今何许？凭阑怀古，残柳参差舞。

词之风格，豪放、婉约之外，姜白石独辟蹊径，别成一派，学者多有识焉。姜词特色，南宋词家张炎评曰"清空"，近世学者夏承焘称之"清刚"，然白石所自道"清苦"二字意已自足矣。

白石论诗要"沉着痛快、深远清苦"，其词正如是。一"清"字，除豪放词粗浑之弊；一"苦"字，医婉约词甜腻之疾。此篇词，起承转合处无不见匠心。起笔，太湖上"燕雁无心"，随云而去，留下伏笔；承句，燕雁去后，留者谁？"数峰清苦，商略黄昏雨。""商略"二字，不尽悲辛，而孤苦之状已出，词人似有所隐喻，再伏笔；转句看似稍平，为节奏之过渡缓和，表露词人倾慕唐代隐士陆龟蒙之心愿，然毕竟物是人非；结句，陡然提唱"今何许"，词家提笔凌空重按，振发读者耳目，而往者已矣，但见"残柳参差舞"，遂有余音绕梁之韵。此番作法，即是"尽兴"，便是风人之致，与贺方回"梅子黄时雨"同妙也。

如以画论，白石词颇类渐江画。清初画坛"四僧"的渐江，画山水用笔精细，用墨清简，绝少皴染，而山石树木多峭硬盘弩，所以其画作呈现出一种孤高冷逸、清寒瘦劲的面貌。渐江画或谓似元代的倪云林，而"清刚"过之，云林用笔之温润处，渐江代之以冷峭。渐江画之冷峭、白石词之清刚，其韵致一也，两者同出而异别，一言以蔽之曰"苦"。

这番苦味，发为文字即是白石词，落墨于纸即为渐江画。此二者论格调，不可谓不高；然若论气象，下笔刻意营营，境界不够开豁，气息寒俭荒凉，却是二者之通病。所以王国维谓白石词"隔"，谓其"局促辕下"，谓其"有格而无情"，乃真眼识，并非静安先生出于一己之私的主观偏见。

浪淘沙 ／ 周文璞

题酒家壁

还了酒家钱，便好安眠。大槐宫里着貂蝉。
行到江南知是梦，雪压渔船。

盘薄古梅边，也是前缘。鹅黄雪白又醒然。
一事最奇君记取：明日新年。

周文璞字晋仙，号野斋，睹字号可识其人也。然张端义盛赞他"不减贺、白"，实在推之甚过矣。李贺有"诗鬼"之誉，太白有"诗仙"之称，观晋仙作，不乏逸气，称之鬼才庶几近之，然去二李尚不知几万里，安得相较哉！

平心论之，晋仙究竟野狐禅，难登大雅，气格颓废，不值效仿。唯此词新奇可爱，不忍弃之。名曰"题酒家壁"，提笔直陈"还了酒家钱，便好安眠"，词人不羁之态宛在目前。晋仙一生穷困潦倒，吃酒赊账想是家常便饭，此词即兴而写，一气呵成，其才亦不容小觑矣。起句数语脱口而出，不加修饰，读之便觉平易近人。"大槐宫"句用淳于棼南柯一梦之典，淳氏梦中做驸马，晋仙梦里戏貂蝉，已令人可发一叹。梦醒来时"行到江南"，此处有其父辈随宋室南渡而流落江南之隐喻。眼前景象是"雪压渔船"，画面清奇，寒意逼人，益使词境萧索悲凉。然而词人似并不为此而感到失落和懊恼，干脆来个"解衣盘礴"[1]，箕踞古梅下，坐对"鹅黄雪白"，心境竟一时无比澄澈起来。

至此，词人将自己不拘形迹、放浪形骸之意态已经抒写得淋漓尽致。欠债的辛酸、破碎的美梦、一生不遇的苦闷此刻皆烟消云散了。可这还嫌不够，

---

[1]《庄子·田子方》："宋元君将画图，众史皆至，受揖而立，舐笔和墨，在外者半。有一史后至者，儃儃然不趋，受揖不立，因之舍。公使人视之，则解衣盘礴裸。君曰：'可矣，是真画者也。'"所谓盘礴，箕坐，即坐时岔开双脚，形如簸箕。是一种不守礼法的行为。

于是结语处，词人竟然开起了玩笑。他说你们记住喔，我说一件最奇怪的事给你听，是什么呢？"明日新年！"这显然不是什么好奇怪的事，可他偏要这样讲，好像就是要行脱俗之举，语惊四座。然而，禅宗说"日日是好日，年年是好年"。新年何以便是新年呢？岂不是人为这样设定的么？还不是俗世陈规罢了！在特立独行的周晋仙眼里，这真是最好笑、最奇怪的事情了。

有其人，方有其词。此篇小令亦可谓特立独行矣，不可以"婉约"或"豪放"规矩之，只是一首浪人歌。有郁悒，也有豪情；有伤悲，也有陶然，人生百味，俱在其中矣。则词之境界不可谓不高，然气象有所不逮，字里行间隐隐散发寒酸落魄之气、颓废野怪之象。故曰：静安拈"境界"二字品第词林，吾意犹未足也。

风入松　　／ 吴文英

听风听雨过清明，愁草瘗花铭[1]。

楼前绿暗分携路，一丝柳、一寸柔情。

料峭春寒中酒，交加晓梦啼莺。

西园日日扫林亭，依旧赏新晴。

黄蜂频扑秋千索，有当时、纤手香凝。

惆怅双鸳[2]不到，幽阶一夜苔生。

---

[1] 草：起草。瘗(yì)：掩埋、埋葬。庾信有《瘗花铭》之作。

[2] 双鸳：指女子的绣鞋。

梦窗词幽婉迷离，其心曲暗结处凄美朦胧如义山诗，不可直解。

此篇怀人词，据考证或为悼杭州亡妾所作。上阕，清明风雨，更兼落花，兀自愁人。词人独居小楼，凝望着与爱人分手时的小路，昔时杨柳依依，如今已浓绿成荫。春寒料峭，本欲借酒消愁，然这醉意又为晓莺之乱啼惊醒，连美梦都做不成——此中愁苦滋味可谓甚矣！下阕，西园扫亭，已成习惯，似犹望人还也。风雨这般，新晴也这般。可谓日日惆怅而已，虽着一"赏"字而愈见颓唐无聊。而"黄蜂"数语突如其来，似死水微澜，这令词人"意外"的一幕瞬时又惹起了愁思，重新燃起了希望——余香尚在，离人可期乎？结句最是凄婉无尽：望来终不来，因无人迹至，门前那石阶一夜之间长满了青苔。

梦窗词当以此篇为冠，即放诸五代、北宋之间亦见光彩。谭献谓："此是梦窗极经意词，有五季遗响。'黄蜂'二句，是痴语，是深语，结处见温厚。"

其实此词通篇用情至深，措辞至精，布局至巧。"黄蜂"二句固是痴语，夺人耳目，乃高潮前一小波澜。全篇高潮在结句。结句之好，一曰结笔温厚。词意虽近于绝望，却只说"惆怅"；词心愁苦到荒芜，而但言"苔生"。二曰意味深长。好似夜半潮生，潮起则止；亦如画龙点睛，点罢即去，"神光离合之间，非特情致绵邈，且余音袅袅"。周济评梦窗词之佳者"抚玩无极，追寻已远"，自以此篇为最。

含蓄蕴藉，深长温厚。譬诸对弈，高手落子全无空处。此即梦窗所得清真"缜密"之法。而读者"解密"须用"陈氏留字诀"也。陈洵谓："以涩求梦窗，不如以留求梦窗……以留求梦窗，则穷高极深，一步一境。"

"留字诀"倒也并非陈洵的发明。任何艺术形式的高超技巧都讲求一个"留"字。有唐褚、颜诸公论书法曰"如锥画沙，如印印泥"，米芾云"无垂不缩，无往不收"，林散之谓用笔要"行而能留"，白蕉说画兰要"不疾而速"，其意一也。然，行与留之间尚有度在，正所谓过犹不及：行甚于留则滑，留甚于行则涩。这个度如何把握，谁也不曾说，却真也说不得罢！

踏莎行 ／吴文英

润玉笼绡，檀樱倚扇，绣圈犹带脂香浅。
榴心空叠舞裙红，艾枝应压愁鬟乱。

午梦千山，窗阴一箭，香瘢新褪红丝腕。
隔江人在雨声中，晚风菰叶生秋怨。

自张炎评"吴梦窗词，如七宝楼台，眩人眼目，碎拆下来，不成片段"，梦窗优劣几成定论。《人间词话》全书仅举两枚"碎片"："介存谓梦窗词之佳者，如'水光云影，摇荡绿波，抚玩无极，追寻已远'。余览《梦窗甲乙丙丁稿》中，实无足当此者。有之，其'隔江人在雨声中，晚风菰叶生秋怨'二语乎？"

周济的原话为："梦窗非无生涩处，总胜空滑。况其佳者，天光云影，摇荡绿波，抚玩无极，追寻已远。"大约"生涩"是人们对梦窗词之普遍印象，介存有为其翻案之心，却似无翻转之力，也只一句"总胜空滑"，近乎敷衍了事，至于"天光云影"一番譬喻则流于空泛迂阔，益令读者不知所云。

论"生涩"，实非梦窗一人独有。承继清真格律词遗风，富艳精工之余，雕砌过甚乃成积习，南宋诸家多少皆有此病。梦窗专学美成，而用力至深。即如此篇，章法作意极似《隔浦莲》，又是一首感梦之作。唐圭璋谓："上片梦端午时家人睡情，下片梦后之感……全篇缀语秾密，以梦钩勒，而末以疏淡语收，至觉警动。"因其"秾密"，无形中为读者制造了层层障碍，结句偶出一两"疏淡"语，便似拨云见日、雾散观花，至于全篇布局之精心营构，词心所在之一往情深，反而皆随那云雾飘散殆尽，无人问津。更有甚者，竟至怀疑这并非梦窗的艺术"创作"而只是词人的游戏"拼图"——换言之，便是对梦窗词的全盘否定。吴世昌说："此词上用'榴心''艾枝'，是端午景象，下片又用'晚风菰叶''秋怨'，一首之中，时令错乱。且上片晦涩，令人不堪卒读。盖先得末二句，然后硬凑出来。"

悲夫！吴氏误读何其深也。此作所写尽是端午景象，何乱之有？"生秋怨"者，通感也，不谙此道，岂为文哉？复何以读诗哉？如《葛生》之冬夏，《桃夭》之花实，《黍离》之苗穗，俱不闻乎！至若"上片晦涩"，正词家匠心独运处。以纤秾之雕绘写梦中之佳人，如画家之工笔也；以萧疏之清笔写眼前之惨景，如画家之写意也。上下阕一实一虚，一浓一淡，梦境为虚而施以重彩，即景为实而挥以水墨。正所谓虚者实之，而实者虚之，此间反差之张力直击人心，恰见梦窗高明手段。陈洵谓："读上阕，几疑真见其人矣。换头点睛，却只一梦。惟有雨声菰叶，伴人凄凉耳。生秋怨，则时节风物，一切皆空。"如是。

虞美人 ／ 蒋捷

听雨

少年听雨歌楼上，红烛昏罗帐。

壮年听雨客舟中，江阔云低、断雁叫西风。

而今听雨僧庐下，鬓已星星也。

悲欢离合总无情，一任阶前、点滴到天明。

年少风流、中年颠沛、暮年枯寂，竹山此词通过对"时间"的精妙编织，布下"空间"的一张迷离罗网，进而营构出一份虚幻而痛切的诗味和意境，读之令人怅然动容。

听雨，是无数诗词中经常出现的主题，总与愁思有关。温庭筠"一叶叶，一声声，空阶滴到明"，其雨也烦，其愁也乱；韦庄"春水碧于天，画船听雨眠"，其雨也静，其愁也淡；李清照"梧桐更兼细雨，到黄昏，点点滴滴"，其雨也凄，其愁也苦；朱彝尊"共眠一舸听秋雨，小簟轻衾各自寒"，其雨也密，其愁也绻。

竹山听雨，与这些都不同。其时南宋已亡，词人也垂垂老矣，正是国破家败，河山梦碎之际。词的上阕所记，如同电影的蒙太奇手法，灯红酒绿、江天风急皆作今日惨淡之对照。今日之景，泯灭一切多余的物事点缀，唯僧庐下老迈的词人和四周无边无际的冷雨。雨声再苦，词人也听不到苦；苦雨再无情，词人比它更无情。"一任"二字如此决绝，若非万念俱灰，何以至此！

刘熙载评竹山词"洗练缜密，语多创获"，是也。将一生经历过往熔铸于一首小词，可谓"洗练"之极，足见词人文辞驾驭之功；而听雨场所的选择编排，可见词心之"缜密"——从人境到野境，直到梵境，亦是为强调从多情到悲情，直至厌世无情之心。上阕的剪辑铺叙、下阕的长镜头，一如电影：词境转换中，读者视觉、听觉、心理感受反差异常强烈。愈是强调"无情"，愈是让人感到词人心痛之深之切。

高阳台　　/ 张炎

西湖春感

接叶巢莺，平波卷絮，断桥斜日归船。

能几番游？看花又是明年。

东风且伴蔷薇住，到蔷薇、春已堪怜。

更凄然，万绿西泠，一抹荒烟。

当年燕子知何处？但苔深韦曲，草暗斜川。

见说新愁，如今也到鸥边。

无心再续笙歌梦，掩重门、浅醉闲眠。

莫开帘，怕见飞花，怕听啼鹃。

《高阳台》词，玉田之外，碧山、草窗皆有同题之作，立意、笔法稍有分别，而一股凄凉惨淡、委顿萧条之气并无二致。

词发展到了南宋末季，也如那颓废河山一般，一蹶不振，苟延残喘，回想辛稼轩的独立高蹈，恰似词海高潮中最后一波巨浪，惊雷怒涛之后，词坛的生命力霎时消褪，一切烟消云散。从此，死一般的沉寂笼罩了整整元明两代，两宋词坛之辉煌气象一去不复返。

此篇写于宋亡之后，词人重游西湖，昔日繁华只剩得"万绿西泠，一抹荒烟"。玉田不愧有才思，才思惜无着落处。苦笔酸墨写绮词，绮词不过风中絮。词气颓唐，惶惶然凄凄然如丧家之犬，所谓"亡国之音哀以思"，令人不能复读。

虽后世学者不乏赞美之辞，所谓"运掉虚浑"，所谓"郁之至，厚之至"，所谓"此境大不易到"云云[1]，我看不过都是入殓师的手段——给死人涂脂抹粉。词写到宋末词人这般境地，干脆不写也罢。中国文人最不缺兴替之悲，然同样是悲，下笔绝不似。不消说诗人杜甫，"国破山河在，城春草木深"，此乃真正的"郁之至，厚之至"；但说词家，李后主"流水落花春去也，天上人间"，是何等气象？"恰似一江春水向东流"，是何样风度？反观"莫开帘，怕见飞花，怕听啼鹃"，一朝国士至此，其岂忍写、后人岂忍读之乎！

作诗填词，最忌雕虫。若不见气象，何必徒劳此生？冬虫僵卧之嘤嘤可以休矣！

---

[1] 谭献："'能几番'二句，运掉虚浑。"陈廷焯："凄凉幽怨，郁之至，厚之至，与碧山如出一手。"许昂霄："淡淡写来，泠泠自转，此境大不易到。"

好事近　　／元德明

次蔡丞相韵

梦破打门声，有客袖携团月[1]。
唤起玉川高兴[2]，煮松檐晴雪。

蓬莱千古一清风，人境两超绝。
觉我胸中黄卷，被春云香彻。

---

[1] 团月：茶饼之谓。

[2] 卢仝：世称"茶仙"，号玉川子。

这是一篇好"茶词"。若放诸词史，大约并不起眼，只在中流。然由茶人眼观之，好似凉茶汤净面，可以洗心，可以明目。

漫漫冬夜，词人早已酣睡。然而一阵扣门声将主人从梦中唤醒，是友人携佳茗而来，欲与其共饮。词人并未见恼，反而兴致大发，茶瘾袭来，马上动手泥炉烧水，苦雪烹茶。这是上阕。下阕便接着写冬夜与客饮茶之乐，品茗之感，高蹈情思，抒发怀抱，全篇颇有宋人诗"寒夜客来茶当酒"之意境。

词意并不艰深，行笔也清朗疏快，但词家未尝信马由缰，看似寻常语句，自有匠心在。试举"松檐晴雪"四字，堪可玩味。首先，烹茶用雪，已见雅怀；而雪是"晴雪"，即令人遥思王羲之《快雪时晴帖》墨迹，想见魏晋风流；这"晴雪"竟又采自屋檐，便有高洁之意；至于那屋檐，非是其他，因屋侧有松，乃谓"松檐"。松柏，木中长者，自有高古之风，更见词人风度。而夜色下松檐映雪，整个画面也呼之欲出了。虽短短四字语，凝聚精思无数，亦可窥词家之雅量高致。

元德明终生未仕，布衣蔬食而乐学忘忧，可谓贤矣。《金史》称其"累举不第，放浪山水间，余酒赋诗以自适"。其子元好问，承家学，饱读而广游，终成一代文宗。然无此翁，何得生宁馨儿？

摸鱼儿 ／ 元好问

雁丘词

乙丑岁赴试并州，道逢捕雁者云："今旦获一雁，杀之矣。其脱网者悲鸣不能去，竟自投于地而死。"予因买得之，葬之汾水之上，垒石为识，号曰"雁丘"。同行者多为赋诗，予亦有《雁丘词》。旧所作无宫商，今改定之。

问世间、情是何物。直教生死相许？

天南地北双飞客，老翅几回寒暑。

欢乐趣。离别苦、就中更有痴儿女。

君应有语：渺万里层云，千山暮雪，只影向谁去？

横汾路，寂寞当年箫鼓。荒烟依旧平楚。

招魂楚些何嗟及，山鬼暗啼风雨。

天也妒。未信与、莺儿燕子俱黄土。

千秋万古。为留待骚人，狂歌痛饮，来访雁丘处。

元好问此篇极似稼轩。稼轩起笔横出："更能消、几番风雨？"遗山当头一喝："问世间、情是何物？"两篇词作势气卷风雨，二人才力相匹，才情相近，又选取同一词牌、同一韵脚填词，真可谓"摸鱼儿"之词坛双璧矣。

因亲历大雁殉情一事，词人心内为之震动，百感激荡，蘸满浓情的笔墨风驰电掣，挥洒成这曲流传千古的爱的颂歌。词之立意是因雁而起，而运笔挥毫、字里行间所洋溢的皆是词人设身处地后的沉思，所以词旨虽是咏雁，却道尽人情。在生死之际，大雁尚且能忠于爱情，遑论人乎？人与物、与自然，邈不可分，二者之关系历来是古人哲思的母题。《庄子》云："天地与我并生，而万物与我为一。"这种齐物论的思想深刻影响着后世，晋人桓温发出"木犹如此，人何以堪"的长叹，正与《雁丘词》同出一辙。

遗山词豪宕而温情，深沉而平淡，正是苏、辛词风的延续。这派词风大致上由苏轼发轫，朱敦儒承续，张孝祥再续，至辛弃疾而达巅峰，随之则"三刘"忝列其中而力有不逮，幸有北方元遗山振衣而起，差足继武。

所以，如果我们抛开传统文学史按照朝代所作的机械性划分，纵观词学发展大势，捋清主线来考察，词坛并非如一般所认知的那样，自北宋之后便归于黯淡。相反，北宋只是词学乍兴之端，多样化的词家面貌纷繁呈现，然后不论所谓婉约词抑或豪放词，各得其所，庶物群生，断续繁衍而已。

只不过，词学研究者有意无意地淡化了主流朝代以外的线索，金代文学只能作为南宋文学之附属品聊备学资。人们只见"碧山"，不见"遗山"，使得如元遗山这样的词坛巨匠也面目模糊，隐现在历史的山河迷雾中。

元明

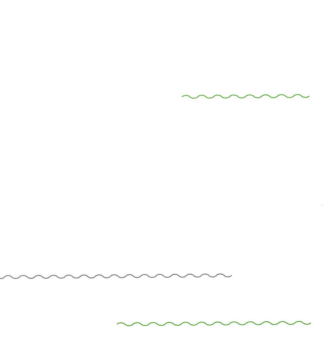

水调歌头　／张耒

己丑初度，是岁闰正月戏以自寿。

三十九年我，老色上吟髭。

生辰月宿南斗，正合退之诗。

今岁两逢正月，准算恰成四十，岁暮日斜时。

腊瓤剔红玉，汤饼煮银丝。

炷炉香，饮杯酒，赋篇词。

萧然世味，前身恐是出家儿。

天下谁非健者，我辈终为奇士，一醉不须辞。

莫问黄杨厄，春在老梅枝。

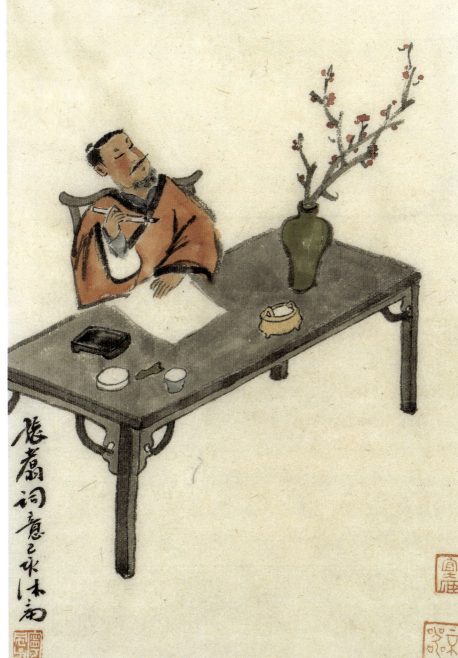

陈廷焯称："元词之不亡者，赖有仲举耳。"张翥作词，大似朱希真，老到俊爽，浑然洒脱。以书法作比，苏词如行书长卷，温雅放达；辛词如狂草立轴，满纸云烟；少游词似小草便面，清隽秀雅；美成词如行楷斗方，工整流丽；希真、仲举词若手札漫笔，率性而见真意。

此词便似随口而出，信手拈来，乃年关岁暮光景，词家生日之际自嘲之笔。行笔如流水，节奏清快，字句间自负平生、士夫快意一无所拘，豪情寄寓笔端而全无斧凿痕迹。辞旧迎新，人人心中都会有年光急水之感，何况不惑之年！所以起句自言年岁，又表明"老诗人"的身份，杜荀鹤诗"笑我于身苦，吟髭白数茎"，"吟髭"即诗人的胡须。"老诗人"怎么样呢？命运多磨。"退之诗"指韩愈的《三星行》："我生之辰，月宿南斗。"这个生辰有何特别之处？东坡说："退之得磨蝎为身宫，而仆乃以磨蝎为命，平生多得谤誉，殆是同病也。"张仲举这里便联系起韩愈和苏轼，说我和他们两人一样都属"月宿南斗"的摩羯座，都是"平生多谤誉"，易受无妄之谗、恶语之讥。但词人却并不甚以为意，照样"腊醅刷红玉，汤饼煮银丝"，虽然如此，年还得过，该吃吃、该喝喝，于此可见词人心性之洒脱。

下阕，词家把这份率性洒脱表现得更为淋漓尽致。燃香、饮酒、赋词，本是文人生涯里的日常，词家之笔却又忽地一转，自谓"萧然世味，前身恐是出家儿"。出家人是不能饮酒的，宋代王禹偁诗曰"无花无酒过清明，兴味萧然似野僧"，这才像是"出家儿"。仲举人品正直，性格诙谐，处世潇洒，亦可谓智者。然仕宦艰险，他虽能应对，毕竟每受讥毁，常有心往沧洲之意，所以他心底里是羡慕那摆脱人间枷锁的出家人的。在他另一首《岁晏遣怀》的诗作里，同样抒发了这份类似的情感："精神全藉酒，筋力半支藤。……蒙头衲被底，何异在家僧。"[1]出世与入世，出家与在家，仲举的心境似常出入于二者之间，但在人生抉择之际，他骨子里"儒"的本性便显露出来，说到底还是要匡时济世，纵有坎坷崎岖，"我辈终为奇士"，毕竟天行健，君子当自强不息。所以，"出家儿"终究只是"前身"罢了。

思绪至此，词家仿佛端起酒杯一饮而尽，结句提笔豪情愈加放纵："莫问黄杨厄，春在老梅枝！"东坡诗"园中草木春无数，只有黄杨厄闰年"，黄杨本就生长缓慢，旧说遇到闰年非但不长反会缩短，"黄杨厄"即有境遇艰辛、雪上加霜之意。然而词家此刻"醉中浑不记"[2]，既看黄杨平添愁，那便不看不管也不问，且看老梅如我，又长一岁、枝头已着春！

---

[1]《蜕庵岁晏遣怀》："小小新斋阁，温温旧氍毹。精神全藉酒，筋力半支藤。蛰豸深坯户，冥鸿巧避矰，蒙头衲被底，何异在家僧。"

[2] 辛弃疾《临江仙·探梅》："醉中浑不记，归路月黄昏。"

太常引 / 倪瓒

伤逝

门前杨柳密藏鸦，春事到桐花。
敲火试新茶。想月珮，云衣故家。

苔生雨馆，尘凝锦瑟，寂寞听鸣蛙。
芳草际天涯。蝶栩栩，春晖梦赊。

倪雲林詞意
康子富銳

明代卓人月评此词"幽异空泠，便是老迁一幅画"。云林有洁癖，世称倪迂，其画，墨枯而润，笔简而丰，画境窅然虚寂，洗尽铅华。今读其词，正如观其画。

画家之诗，诗家之画，气象独具，必有寻常作手所未到处。东坡谓摩诘"画中有诗，诗中有画"之语，岂虚言哉！诗人之善楮墨者，乃以学问文章之诗心涵养笔端，画格高而不俗；画家之精诗歌者，能运掉万象于方寸，诗境历历如在目前。

云林词清冷寂寞，漫不经心悠悠然淡淡然写开去，恰似其展卷拈毫。词心苦，而读之似不觉其苦；词意哀，而味之反得其乐也。此正是"乐景写哀"手段。然而世事沧桑，人事无常，当早年锦衣玉食之生涯已成旧梦，漂泊处士心灵深处之哀乐，如人饮水，吾辈哪得知？云林经常追忆从前，怀想故园，在他另一首《人月圆》词中，这份苦楚表达得更为清晰：

> 惊回一枕当年梦，渔唱起南津。画屏云嶂，池塘春草，无限消魂。
>
> 旧家应在，梧桐覆井，杨柳藏门。闲身空老，孤篷听雨，灯火江村。

又见杨柳，又见梧桐。虽然两篇词中，皆化用梁简文帝"槐香欲覆井，杨柳正藏鸦"诗句，但可以确定，此中梧桐、杨柳既是意象亦是实摹，正是他心念之故家的景象。诗里的桐树，一般指梧桐，《逸周书》："谷雨之日，桐始华。"桐花开时春将尽矣。题云《伤逝》，是伤春，亦是伤往事随风而去矣。云林喜桐树，故家遍植梧桐，又以性嗜洁，常命家童汲清水洗之。

濯濯清桐，郁郁覆井；朝夕锦瑟，今已"尘凝"，何况"苔生雨馆"。摩诘诗"寒灯坐高馆，秋雨闻疏钟"，梦窗词"幽阶一夜苔生"，愁思漫长而空旷，更加渲染了这份寂寥和凄凉。

结句"蝶栩栩，春晖梦赊"，以画法入词法，是善于留白也。庄生梦蝶，栩栩然不知此身为何，云林所感亦如是。世事一场大梦，人醒时，梦已远，春已逝。好似云林惯画的山水构图：两岸相望，空杳无人，只有那无尽江声、隔江山色。

清平乐 　／ 刘基

早春

春风欲到，小草先知道。

黄入新荑颜色好，图遣王孙归早。

兴来策杖微行，枝间布谷初鸣。

喜见儿童相报，墙根荠菜先生。

元明两代，诗坛寂寥，词坛喑哑，除戏曲小说此类更近于市井里巷之俗文化外，士人阶层于传统文学事业集体黯淡无光。元代以蒙古族统治尚可理解，明代朝野上下皆汉族知识分子为主体，历时数百年而无一巨匠出，无怪乎后世学者为之讶异叹惜。

刘基，字伯温，号石隐。这位流传于民间评话里比拟诸葛，而近乎被神话化的人物，并不以诗词文章为其本事。然而从浩繁而平庸的众多明词中搜罗剔抉，出类拔萃者似唯有此公。

此篇小令，语言朴素，节奏简单，行文轻松明快，无刻意雕镂之字句，却自有一番活泼泼生机在眼前，而早春之意境悄然生矣。倘若无才力作诗填词，切莫绞尽脑汁砌墙头、掉书袋，倒不如这般直抒胸臆，如话家常的自然而然。大约以经世致用、穷究天地之理为务之古今大儒，治大国如烹小鲜，偶作诗词皆如此般。诸葛如是，邵雍如是，刘基亦如是。

卓人月评："读末句，便知卧龙心事与石隐不同。"末句云："喜见儿童相报，墙根荠菜先生。"似寻常语，却大有深意。《博物志》载："岁欲丰，甘草先生，荠也；岁欲苦，苦草先生，葶苈也。"原来按民间谣谚的说法，倘若一年春早，荠菜先于众草而生，则预示着丰年；相反，倘若葶苈这种杂草先生，便预示那一年年景苦恶。明白了出处，石隐先生心事方可知矣。若非胸怀苍生、心忧天下之士，安能道此语哉？

此词措辞多用口语白话，是对南宋词雕镂藻绘作风的一个反正。而拈取谚语入词，亦是明代文学艺术通俗化趋势的一个写照。这篇清爽小令给人以浅显平易的印象，恰是石隐想要达到的目的和效果。世乱而后思治，民不聊生而后求生，词家心中忧乐所系也正在于此。向伯温先生致敬！

清平乐 / 杨基

狂歌醉舞，俯仰成今古。
白发萧萧才几缕，听遍江南春雨。

归来茅屋三间，桃花流水潺潺。
莫向窗前种竹，先生要看西山。

元明两季诗坛荒芜，高启、杨基辈已算秀出者，然其作品去唐宋之世不知几万里矣。杨眉庵颇富才情，词风一如其所擅之五绝，饶有清丽俊爽之气。只是内功不济，其词气象虽大而实疏，如三秋芭蕉，鱼质龙文，外盛而中空。

其《清平乐》两阕笔调清爽流畅，自是才子本色。此为其一，另一阕题为《江宁春馆写怀》，词云："梅酸杏小，人与春俱老。一架荼蘼开遍了，能得欢娱多少？阴阴绿树青苔，都无半点尘埃。寄语此中猿鹤，先生早晚归来。"可惜眉庵，到底不曾"早晚归来"——穷其一生，他的仕途并不得志，好容易混出点名堂又遭谗言，最后落得个被罚服劳役而死于工所，实在令人扼腕。

出世与入世，朝市与山林，自古文人皆游走于此一进一退之间，"归去来兮"是文人的集体无意识，是关乎世道兴衰、个体荣辱的梦，却往往也成为无法挥去的梦魇。不论生于盛世，抑或乱世，进退显隐间最难独善其身。

有明士林中，刘基、杨基皆人杰也，然而在元末明初动荡的时节下，无人得以幸免。以伯温之功，眉庵之才，尚且如此，文人生存环境之艰复何言哉？再不见唐诗的浩荡，宋词的优雅，也便毫不足怪了。

点绛唇 ／ 陈继儒

钟鼓沉沉，寺门落叶归僧独。

晚鸦初宿，影乱墙头竹。

长啸风前，清籁飞空谷。

松如沐，炊烟断续，杯底秋山绿。

当值而立之年的陈继儒，焚儒者衣冠，绝意仕途，卜居山林，著述、作画、云游，开始了他持续一生的隐士生涯。从立志做一位隐士这一点上来看，他与另一位明代画家沈周相似。二人都主动放弃求官进取，专心治学书画，而同时却始终保持着与上层社会、官宦精英群体的交往，总体来看赢得了生前身后名。论人生智慧、修炼境界，此二老堪称臻顶。

在文学艺术领域，沈、陈二人皆是多面手，诗文书画无一不精，自是百世文士画之宗。石田擅山水，眉公擅梅竹；石田以雅趣胜，眉公以雅致胜。所以沈石田笔下的山水田园，让人感到温暖静好；陈眉公之墨梅幽竹，令人之俗虑一时涤尽。由人乃知其画，由画可知其诗文也。

此词清逸绝尘，全无烟火气味，又可与另一位隐士画家倪云林词的境界作比。身份相同，下笔填词，意境果然相似。然所异者，云林词虚静沉寂，如幽谷停云，缓缓迟迟，正合其"迂"；眉公词清空简傲，若林间山风，萧萧飒飒，复应其"矜"也。

故曰词境有相近者而气象迥别。细品眉公字里行间，文气所行处皆有矜庄自许之意在。只不过这份精明的态度隐藏在那些看似散漫潇洒的辞藻中，让人只注意到词家的清高。这般说法，似有暗讽陈眉公虚伪的嫌疑，其实并非如此。眉公在世时，便也有人因为他结交权贵而讥其假隐。然，与其以伪视眉公，不如以智视眉公。因有了名望和显贵这些保护伞，眉公不但自己能免于困顿，更常在必要时向官员献言，为地方政策提议，免黎民百姓于苦厄，一举多得，何乐而不为哉？不如此，唯独乐乐，则隐士之美，美在何处？

观眉公水墨，虽散淡而苍逸，实有铮铮骨力在，不同于其挚友董其昌。

玄宰之书画固多佳处，然终究媚过于道，滑而少骨，不容后人为之辩护翻案。复观眉公此词，清雅俊逸不冗言，矜庄简傲亦不赘述。但看点画顿挫、笔法使转处——"独""竹""谷""沐""绿"这些仄声字的使用，执着倔强，气力十足。眉公生前身后，唯清代迦陵词偶一用之，擅于此法，足见风骨。至于"寺僧""晚鸦""乱竹""长啸""秋山"这些意象辞藻的运用和塑造，更折射出词家特立独行的内心世界。

眉公作文作画讲求文而不硬、漫不经心、逸笔草草，此自言其表征而已。正所谓"国之利器，不可以示人"，铮铮傲骨，方才是词家心中景象。

念奴娇 ／ 陈子龙

春雪咏兰

问天何意，到春深，千里龙山飞雪？

解佩凌波人不见，漫说蕊珠宫阙。

楚殿烟微，湘潭月冷，料得都攀折。

嫣然幽谷，只愁又听啼鴂[1]。

当日九畹光风[2]，数茎清露，纤手分花叶。

曾在多情怀袖里，一缕同心千结。

玉腕香销，云鬟雾掩，空赠金跳脱[3]。

洛滨江上，寻芳再望佳节。

---

[1] 鴂（jué）：杜鹃。

[2] 屈原《离骚》："既滋兰之九畹兮，又树蕙之百亩。"
后以"九畹"为兰花的典实。

[3] 跳脱：手镯一类古代妇女的首饰。

兰，世称幽独，素来隐遁逍遥，置身空谷，所谓"不以无人而不芳"也。然而有意味的是，每逢国家存亡之际，山河破碎之时，幽兰便重回人们的视野，似乎非兰不足以承载这份悲壮与沉痛。

屈子佩兰如是，郑思肖画兰如是，陈子龙咏兰亦如是。元代倪瓒《题郑所南兰》一诗云："秋风兰蕙化为茅，南国凄凉气已消。只有所南心不改，泪泉和墨写离骚。"今诵大樽先生此词，正与所南翁画似，满腔悲愤，万端慷慨，寄于纤纤花叶间。

词作之时，已是清顺治四年，彼时清军已占据大部国土，明王室残存势力唯有刚成立的南明永历政权和海上逃亡的鲁王余部，可谓江山零落，风雨飘摇。起句"问天何意"，是胸中早有百转千回、无限悲恸而化作一声长叹。"龙山飞雪"，时局之险恶也；"解佩凌波"，兰也，香草美人也，忠臣义士也。雪中兰，自是坚毅，亦是可怜，"料得都攀折"，志士为国捐躯也。词人思既至此，肝肠已寸断，"嫣然幽谷"、愁听啼鹃，措辞极婉媚，寄情何限恨！

过片，倾力写兰。"九畹光风"遥思旧日兰美，借指崇祯朝时，朝野上下同心；"玉腕香销"句暗喻弘光朝时，奸佞当道，忠良乃得"空赠"之憾。抚今追昔，通篇颇有"昔我往矣""今我来思"之无限伤感。然而，颓唐言败岂是大樽之所愿，乃于结句处，慰藉勉励，强作振奋曰"寻芳再望佳节"。

后世评大樽词，每以"绵邈凄恻"论之。陈忠裕公铮铮铁骨，作词却凄美婉丽，可知体裁与人格往往不必形拘一也。如东坡风流超迈，作字则温柔敦厚，全不似其人之潇洒，而世人多以为异，其实何异之有。鲁迅语"无情未必真豪杰，怜子如何不丈夫"，诚如是也。兰生空谷之中，耐风雪，忍霜寒，幽贞独抱，冷香嫣然。世人之不识者视其为脂粉儿女，《淮南子》所谓"男子树兰，美而不芳"者，岂真知兰耶！

清

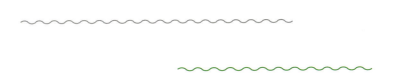

好事近　／陈维崧

夏日，史蘧庵先生[1]招饮，即用先生喜余归自吴阊过访原韵。

分手柳花天，雪向晴窗飘落。

转眼葵肌初绣，又红欹栏角[2]。

别来世事一番新，只吾徒犹昨。

话到英雄失路，忽凉风索索。

---

[1]　史蘧(qú)庵：史可程，号蘧庵，史可法之弟。当时流寓宜兴，与作者交往唱和甚多。

[2]　葵肌：此处指蜀葵。蜀葵又名一丈红，夏季开花，古诗多写之。如苏舜钦《暑景》："乳燕并头语，红葵相背开。"

陈廷焯评迦陵词："平叙中峰峦忽起，力量最雄。"其年壮笔，当于此际观之。

此篇即写友人诗酒互答，本寻常事，读上阕犹为平淡，几为老生常谈。从追忆分别时之柳花漫天，到如今重逢时之葵花绚烂，无非时节更替尔。下阕，忽地横来一笔，"别来世事一番新，只吾徒犹昨"，语气黯然，抑郁不得之意流注笔端。前番柳絮之轻飘、红葵之璀璨，原来并非铺叙，乃为此刻留作鲜明对比。词思幽悁之极，沉郁之至，却并不直言此意，但说"一番新"，但说"犹昨"，可谓淡泊温厚矣。结句，笔势忽又一大转，"话到英雄失路，忽凉风索索"。于不防备间陡然落以重墨，提笔波磔，破锋直扫，前述景语仿若虚空炸裂，而情思荡出词外。

谭献评竹垞、迦陵说："朱伤于碎，陈厌其率。"连陈廷焯也叹曰："迦陵词沉雄俊爽，论其气魄，古今无敌手。若能加以浑厚沉郁，便可突过苏、辛，独步千古，惜哉！"其"沉郁"处或未足臻风雅，然若以"率"视迦陵，是未真知迦陵者。

迦陵才高气壮，落笔如飘风骤雨、渴骥奔泉，足具摧枯拉朽之势，似不假思索者。然行笔细微处何尝不孤诣独到哉？况迦陵词绝有力，气象森然，如古松道壮，虬枝参天。"闭户著书多岁月，种松皆作老龙鳞"，苍龙之松，但观其气象可也，何拘小节而细数鳞爪，乃反谓其率耶？此绘画之大写意、小写意之别也，白阳、青藤、八大、缶翁之佳处，匠人岂得知！庄子云"朝菌不知晦朔，蟪蛄不知春秋"，后学之人不可不察也。

清平乐 / 陈维崧

夜饮友人别馆，听年少弹三弦。

檐前雨罢，一阵凄凉话。
城上老乌啼哑哑，街鼓已经三打。

漫劳醉墨纱笼，且娱别院歌钟。
怪底烛花怒裂，小楼吼起霜风。

此又是一篇迦陵小令。陈廷焯说："其年诸短调，波澜壮阔，气象万千，是何神勇！"钦服赞叹之情溢于笔端。小中见大，壶里乾坤，正是迦陵词面目。

词牌下其年自题曰："夜饮友人别馆，听年少弹三弦。"无非是无数俗世生活里的一个片段而已，到了此老手下，却是天风海雨，惊泣鬼神，震人心魄。同样的经历，在晏几道那里只是儿女情长，灯红酒绿，"琵琶弦上说相思""歌尽桃花扇底风"，伤心柔肠，更无过于此。小山词恰比小儿女怯怯之思，情深极婉，如置身细雨小巷里，仄不得出，浑似"茕茕白兔，东走西顾"。迦陵词则如伟丈夫，纵有心曲，志气轩昂，所遇不平处，莫非"抽刀断水""拔剑四顾"，不见一丝忸怩矜持态度。

谭献说："锡鬯情深，其年笔重，固后人所难到。"正合此篇注脚。"檐雨"已见凉意，连主客对话亦是"凄凉"。乌啼本是寻常，此处却见"老乌"，词意又厚一层，且是"啼哑哑"，可谓声色俱厉矣。此际忽又传来"街鼓"三声，益添寒索枯寂。至此上阕结束，小词所绘外在环境氛围已足。下阕伊始，"漫劳醉墨纱笼"，这是词人自言。大约主客把酒之际，少不得请客人趁醉挥毫，以为墨宝。眼下主客停杯少歇，欲抛下那些"凄凉"愁话，"且娱别院歌钟"，移步厢房听曲，意求眼下及时行乐。然，弦乐之娱未央，转折骤起，片刻静谧再次被打破。"怪底烛花怒裂，小楼吼起霜风"，不知何来秋风，裹挟霜气，呼啸小楼。楼上灯烛之火竟被这冽风一时击破，着一"怒"字，情溢于中，力透纸背。

迦陵笔似疾风，才如飘雨，看似通篇狂扫，而炼字措辞无有不用心处。若比之以书法，宜类王铎狂草，落笔大胆如山崖坠石，笔画沉重似挥金刚杵，而笔势顿挫无穷，关节细微处收拾允当。此之谓"粗服乱头"，摒除柔媚，断绝俗巧，一扫宋末、元明词坛颓丧积习，谭献谓"复振五代北宋之绪"，诚如是也。

琵琶仙 ／陈维崧

泥莲庵夜宿，同子万弟与寺僧闲话。庵外白莲数亩。

倦客心情，况遇着、秋院捣衣时节。
惆怅侧帽垂鞭，凝情伫寥泬。
三间寺、水窗斜闭，一声磬、林香暗结。
且啜茶瓜，休论尘世，此景清绝。

询开士、杖锡何来？奈师亦江东旧狂客。
惹起南朝零恨，与疏钟呜咽。
有多少西窗闲话，对禅床、剪烛低说。
渐渐风弄莲衣，满湖吹雪。

其年作词，可目之为"激情填词"——笔法随情绪愈演愈烈，笔有尽而意不尽，象无余而气有余。此非胸怀大才者不能为。以音乐作比，起句往往"低眉信手续续弹，说尽心中无限事"，高潮则如"银瓶乍破水浆迸，铁骑突出刀枪鸣"，待结尾处"曲终收拨当心画，四弦一声如裂帛"，不论小令长调，词整体的节奏感非常强烈；以书法作比，亦如书家作行草，书写过程中笔势随情绪变化，由平缓渐见跌宕，跌宕渐转凌厉，字形愈大而愈险绝，排山倒海势不可遏，至收束处乃戛然而止："东船西舫悄无言，唯见江心秋月白。"

艺术最讲求节奏感，不论舞蹈、音乐、诗词、小说、书画，乃至电影皆如此。没有节奏感或者对节奏把握不够精准的艺术家绝非巨匠。但过于依赖节奏情绪，则往往适得其反。迦陵词之惯性形成一个特点，或曰缺点，即似书写之"习气"——书法最忌习气，书家一旦养成很难更改，诗词亦如是。

迦陵词之名篇，结句皆以"风"收笔，便是一例。试看"悲风吼、临洺驿口，黄叶中原走""怪底烛花怒裂，小楼吼起霜风""话到英雄失路，忽凉风索索"以及此篇"渐渐风弄莲衣，满湖吹雪"——简直近乎于无"风"不起浪了。于其年而言，这便是连他自己都未意识到的习气。然何以至此哉？由此便可推断词家填词之际，词之节奏必以激情为主导，感性胜于理性，所以兴之所至，势不可遏，无暇顾及和推敲这些字汇是否过于雷同重复。故而陈廷焯才说："蹈扬湖海，一发无余，是其年短处，然其长处亦在此。"[1]

---

[1] 陈廷焯《白雨斋词话》："蹈扬湖海，一发无余，是其年短处，然其长处亦在此。盖偏至之诣，至于绝后空前，亦令人望而却走，其年亦人杰矣哉！""其年诸短调，波澜壮阔，气象万千，是何神勇！"

然而迦陵究竟是迦陵，此篇《琵琶仙》，自在清词第一流。夜宿山寺，水窗茶话，窗外莲塘，满湖吹雪，真可谓"此景清绝"了！然而这份清绝只说的是外面的世界，至于词人内心的世界，却隐藏在一句"南朝零恨，与疏钟呜咽"。这份遗恨，便是老杜的"感时花溅泪，恨别鸟惊心"，便是刘禹锡的"人世几回伤往事，山形依旧枕寒流"。兴废之慨，黍离之悲，百世以下，概莫能外。

故国残梦原本盘亘词人心中不曾抹去，而一旦遭逢故人知己就会再度浮现。在今夕，在这"捣衣时节"，表面看来无非与寺僧闲谈，"且啜茶瓜，休论尘世"，然而寺僧之前身乃"江东旧狂客"，一瞬间，前朝旧事犹在目前。接下来主客之间的"西窗闲话、剪烛低说"，便不言自明，词家之旨亦毋庸赘言了。蒋景祁盛赞陈其年"取裁非一体，造就非一诣，豪情艳趣，触绪纷起……探其奥，乃不觉晦明风雨之真移我情。噫其至矣"[1]！虽竭尽鼓吹之能，然亦非妄言哉！

---

[1] 蒋景祁《陈检讨词钞序》："盖既具什伯众人之才，而又笃志好古，取裁非一体，造就非一诣，豪情艳趣，触绪纷起，而要皆含咀酝酿而后出。以故履其阈，赏心洞目，接应不暇；探其奥，乃不觉晦明风雨之真移我情。噫其至矣！"

捣练子 ／ 朱彝尊

思往事，渡江干，青蛾低映越山看。
共眠一舸听秋雨，小簟轻衾各自寒。

诗言志，词言情，此大略言之。然诗亦有情，词亦有志在焉。诗词杰构，皆非志才高迈、一往情深之士所不能也。故知唐诗不可及，因唐人志气不可及；宋词不可逾，因宋人情致不可逾也。

竹垞词，况周颐以为有清第一，即举其《捣练子》[1]。竹垞固大家，却未若迦陵。二人皆极有才者，迦陵力有余而情稍逊，竹垞情有余而力不足；然若论气象，则竹垞远不比迦陵之大也。惟其不大，故小令反为其所擅场。

《捣练子》深得宋人风致，若宋画之山水小品然，惟情深思密方能及此。然词人钟情对象乃其妻妹，或谓始得曲径通幽之态。同舟共渡，秋雨临江，青山蛾眉，似幻似真。妻妹或能眠，词人岂得安眠乎？是词之余味，非特词人经年难忘，后世之观者亦仿佛置身彼岸秋雨之寒索中。

方寸之间挥洒，竹垞固鲜有可及。谭献云："单调小令，近世名家，复振五代、北宋之绪。"此言亦非过誉。清词较之元明，确可谓一大振，况其缜密细实之功，恐宋词尚有未到处。

譬诸有清书法，开拓碑学一路，为前代帖学诸家所无；又好比学术，清人专治朴学，考据训诂之术之精亦前所未有。概言之，清代学术、文学、书画之文化精神及学人用力处乃一脉相承，唯此遂有清词之新面目。然则清初词家筚路蓝缕之事业，竹垞、迦陵等辈皆功不可没也。

---

[1] 况周颐《蕙风词话》卷五："或问国初词人，当以谁氏为冠？再三审度，举金风亭长对。问佳构奚若？举《捣练子》云。"

长相思 ／ 纳兰性德

山一程，水一程。

身向榆关那畔行，夜深千帐灯。

风一更，雪一更。

聒碎乡心梦不成，故园无此声。

纳兰词神接后主，俱是才子风流。所异者，后主词秾，如锦衣夜行；容若词清，如麻衣胜雪，而凄婉伤悲之致无二也。

同代词坛巨擘陈维崧即赞曰："《饮水词》哀感顽艳，得南唐二主之遗。"可谓确评，而稍晚的词家周之琦却意见相左："纳兰容若，南唐李重光后身也。予谓重光天籁也，恐非人力所能及。容若长调多不协律，小令则格高韵远，极缠绵婉约之致，能使残唐坠绪，绝而复续。第其品格，殆叔原、方回之亚乎？"将纳兰与北宋晏几道、贺方回相提并论，以稚圭之意即抬举容若也。余谓此论非也，是小看容若也。

方回词佳者，十存一二，不及容若远甚。小山则与之颇有相近处，皆悲情贵公子也，而才情差相匹。然小山词情深语作，颇费思量，刻意雕镂处每失天工。容若则一任天然，诗思随运，水到渠成，才力乃在小山更高处。

以此篇言之，天籁心声并作，方寸之间吞吐磅礴，叔原、方回有此气象乎？纵观宋词，苏、辛、安国数人以外，孰能为此？然则纳兰词品至矣哉？亦非也。静安先生谓唐诗境界"千古壮观，求之于词，唯纳兰容若塞上之作，如《长相思》之'夜深千帐灯'，《如梦令》之'万帐穹庐人醉，星影摇摇欲坠'差近之"。若以词求诗之壮观者，东坡、稼轩尚未足继武，况容若乎！非举一人者，其惟迦陵乎？

纳兰才情胜于迦陵，然才力不逮。迦陵气壮力足，古今无匹，惜乎不够蕴藉，稍逊风骚耳。纳兰则反是，如倜傥英雄年少，匹马仗剑先驱驰骋，然不能鏖战，略久即衰，骁勇难以为继。赵秀亭评"容若豪宕之作，往往只得半阕，后半即衰飒气弱"。观此词，上阕何其浩荡雄壮！下阕愈写愈低，至于结句，几近呻吟，如石沉大海，叶落平林，终至悄无声息矣。然，此中尚有前人言论所未及处——上阕所写亦不过眼前景，是景壮，非词家心壮耳。

况周颐为纳兰叹息："独惜享年不永，力量未充，未能胜起衰之任。"此说或有之。然词之气象，由人也；人之气禀，由天也。虽云历经世事，可得江山之助，如后主之词然。白云苍狗之须臾，何如造化乾坤？况未可一概论之也。

《诗经》中一类行役诗，《枤杜》《陟岵》《东山》《四牡》皆言词中之苦。尤以《采薇》"昔我往矣，杨柳依依。今我来思，雨雪霏霏"，最道容若心曲。此词风雅，得由此诗乎？

念奴娇　／ 厉鹗

月夜过七里滩，光景奇绝。歌此调，几令众山皆响。

秋光今夜，向桐江，为写当年高躅。
风露皆非人世有，自坐船头吹竹。
万籁生山，一星在水，鹤梦疑重续。
桹音遥去，西岩渔父初宿。

心忆汐社沉埋，清狂不见，使我形容独。
寂寂冷萤三四点，穿过前湾茅屋。
林净藏烟，峰危限月，帆影摇空绿。
随风飘荡，白云还卧深谷。

厉樊榭词幽香冷艳，格高而脱俗。他的诗，气味也与词相似，当时与扬州八怪之一金农的书画齐名，人称"髯金瘦厉"。所谓"髯金瘦厉"是从二人相貌特征上来说，金冬心长着满脸的大胡子，而厉樊榭身材瘦削。相貌的反差，并未影响二人作品气质的相近，樊榭诗词、冬心书画，都是一般的清冷瘦逸，而奇怪的是，从这份冷逸之中却又能透出一分丰饶、三分幽艳，活色生香，便与寻常诗人画家笔下之高冷迥然有别。

此篇词牌下作者自题曰："月夜过七里滩，光景奇绝。歌此调，几令众山皆响。"七里滩，即严陵濑，地处桐江，传为东汉著名隐士严子陵垂钓处，正如南北朝吴均所说"自富阳至桐庐一百许里，奇山异水，天下独绝"，为历史上著名的文人游览胜地，历代诗文吟咏不绝。此词亦不例外，恰似一卷秋江夜渡图，起笔作江上扁舟一叶，舟中词人独坐吹笛，山影星光，万籁回响，于是词人心逐流水，浮想今古。因追摹严光"当年高躅"，所以通篇意象都与"隐士"相关："风露"、"鹤梦"、柳宗元的"西岩渔父"、宋末遗民谢翱的"汐社"，直到山林烟霭、白云深谷。

樊榭词意高、境幽、辞雅，所以陈廷焯称赞其"如万花谷中杂以芳兰"，然而细玩词味，终觉轻薄，十分快意，尚未沉着，故陈氏又谓"其幽深处在貌而不在骨，绝非从楚骚来，故色泽甚饶，而沉厚之味终不足也"。在这一点上，金农的画也正存在同样的困局——笔墨冷僻清高，而浑厚不足，如使竹节鞭对阵，虽点划舞转，律动可观，终不及八大山人那柄金刚杵，沉着痛快、圆融浑然。

厉鹗终生未仕，而且身体瘦弱，一生穷困，他的人生交游面也相对狭窄，这些都导致其词作之气象不够宽博恢弘。词境虽幽雅冷俊，却少浩然气力，真似那深谷白云，踟蹰于林泉，而不能奔流腾掷于广袤天地间。

湘月 ／ 龚自珍

壬申夏，泛舟西湖，述怀有赋，时予别杭州盖十年矣。

天风吹我，堕湖山一角，果然清丽。
曾是东华生小客，回首苍茫无际。
屠狗功名，雕龙文卷，岂是平生意。
乡亲苏小，定应笑我非计。

才见一抹斜阳，半堤香草，顿惹清愁起。
罗袜音尘何处觅，渺渺予怀孤寄。
怨去吹箫，狂来说剑，两样销魂味。
两般春梦，橹声荡入云水。

作为一代文坛巨匠、古典诗歌之殿军、晚清改革思想的先驱者，龚自珍并不以词擅场。然而与他那些石破天惊的诗文一样，这篇泛舟西湖之上偶一挥洒的词作，即光彩照人，足镌词史，而那一年词家方值弱冠。

　　天才往往少年老成，而这份老成里又透出几许年少轻狂。"怨去吹箫，狂来说剑"是词眼，也是名句，而"箫剑"也从此成为龚氏诗词创作中经常出现的经典意象。他的另一首词《丑奴儿令》："沉思十五年中事，才也纵横，泪也纵横，双负箫心与剑名。"其词集刊定后所作诗《漫感》也写道："一箫一剑平生意，负尽狂名十五年。"至于定盦的代表作《己亥杂诗》系列中更有两首提到箫与剑："来何汹涌须挥剑，去尚缠绵可付箫。""少年击剑更吹箫，剑气箫心一例消。"一般来说，箫意味着幽情，剑寓意着壮志，二者一柔一刚、一阴一阳、一退一进、一入一出，一个是其高歌猛进的豪迈侠骨，一个是他浅吟低唱的百转柔肠。

　　然而这箫与剑并非定盦胸次怀抱的旨归，却只是他自慰和疗伤之寄托与倚靠。古之儒者求"立德""立功""立言"为三不朽，在定盦这里似乎没那么紧要。他已说得很清楚："屠狗功名，雕龙文卷，岂是平生意！"功名与文名，也不过如"两般春梦"随"橹声荡入云水"，那还有什么可介怀的呢？定盦是一个实干家，他心底里是把那些浮名都看作浮云一般。然而现实的冷酷，仕途的坎坷，革新之艰险，让他深知一切都如此遥远，让他年少的心灵竟痛感"回首苍茫无际"，唯有自叹"渺渺予怀孤寄"。

　　定盦生来是一个与其时代格格不入、不合时宜的人，他力图政治革新的思想注定无从实现。"东风不与周郎便"，只许定公成诗人。他这些心灵的无数磨折最终淬炼成一腔丰沛的诗魂，诗情虽如此愤懑和悲郁，诗格却依然蕴藉而沉着。就像那些伟大的词人东坡、稼轩一样，满怀不平之气，裹挟满腹经纶诗书，下笔便仍归于忠厚。这份忠厚，用东坡的话说，就是"不是平淡，乃绚烂之极也"；用定盦自己的话说，便是"莫信诗人竟平淡，二分梁甫一分骚"。

谭献说："定公能为飞仙、剑客之语。""词绵丽飞扬，意欲合周、辛而一之。"非是过誉。单以是词观之，确兼具周、辛风味，才力虽未全到，意气足以近之。若其如稼轩那般致力于此业，天再假之以永年，定盦词未来气象不可量也。惜乎人间事，无由设；天之道，孰得知乎！

清平乐　　/ 项鸿祚

池上纳凉

水天清话，院静人销夏。

蜡炬风摇帘不下，竹影半墙如画。

醉来扶上桃笙[1]，熟罗[2]扇子凉轻。

一霎荷塘过雨，明朝便是秋声。

---

[1]　桃笙：竹簟。据陈鼎《竹谱》载，四川阆中产桃笙竹，节高皮软，制成竹席，暑月寝之无汗，故人呼竹簟为桃笙。

[2]　熟罗：丝织物轻软而有疏孔的叫罗，有熟罗、生罗之别。

此词措辞明白如话，意境闲适似图，笔势宛转清快，结语则余味流连，真"词人之词"也。

有清词家中，项莲生之词名远不逮纳兰，其成就却不在纳兰之下，其词集《忆云词》与纳兰性德《饮水词》、蒋春霖《水云楼词》并称清代"三大词人之词"。所谓"词人之词"即其人专业填词之作也，与诗人词、学人词所异者，词家身份之外，词作以花间一脉为正声，遵循词体创制之初衷而秉承之，不越雷池一步。

词人之词多哀怨幽婉，词人亦然，所谓"古之伤心人也"。谭献说："以成容若之贵，项莲生之富，而填词皆幽艳哀断，异曲同工，所谓别有怀抱者也。"富与贵，世间人所共乐求者也，既得之而不以为乐，岂非天生伤心人欤！莲生自云"幼有愁癖"，所作词多愁苦哀怨，此篇《清平乐》可算得笔调怡然自乐者，然结语仍不免转入消沉："明朝便是秋声。"乃知乐天之辈乃无所不乐，悲观之徒真无所不悲也！

单以人生境界及词作气象言之，莲生何以视子瞻哉？东坡一生艰难困顿，千回百转，真历九死其犹未悔者，而豪迈高蹈，悲辛之音鲜闻；莲生局促江南院落，未经颠沛流离之苦，哀吟风花雪月，春日亦作商音，岂非天生性情之异乎？庄子学鸠、鲲鹏之辨，莫类此乎！

莲生尝自云："不为无益之事，何以遣有涯之生？"其生也有限，填词也无辍，年仅三十八而卒，学者诵而悲之。谭献赞其词"有白石之幽涩，而去其俗；有玉田之秀折，而无其率；有梦窗之深细，而化其滞"，莲生词深幽凄美，兼南宋倚声众家之长，其短处亦显然。虽曰"人无癖不可与之交"，然以愁为癖，何异自设藩篱。如此，人生安得为乐？何以乐山水，何以"依仁游艺"，复何以"遣有涯之生"哉！

木兰花慢　　／ 蒋春霖

江行晚过北固山

泊秦淮雨霁，又灯火，送归船。

正树拥云昏，星垂野阔，暝色浮天。

芦边夜潮骤起，晕波心、月影荡江圆。

梦醒谁歌楚些？泠泠霜激哀弦。

婵娟，不语对愁眠。往事恨难捐。

看莽莽南徐，苍苍北固，如此山川。

钩连更无铁锁，任排空、樯橹自回旋。

寂寞鱼龙睡稳，伤心付与秋烟。

鹿潭此词便是一幅秋江夜行图长卷。

长卷难画，长调难写，如涉大川，如启远航，最考验作者的气量。气量未足者往往力不从心，非半途搁浅，即随波逐流、举步维艰；气量足具者自能乘风破浪，然笔端之姿、笔底气象则各自不同。

如苏、辛皆神勇超凡者，二公击楫中流，吟笑自若，逆风泛江海而意犹未足；屯田、美成无此神力，然以其技过常人，顺流而下荡楫从容，亦能气定神闲；迦陵、鹿潭如力士，奋勇鼓枻而下，颠沛之间稍欠风度矣。

《水云楼词》中此篇诚为佳作矣。川中夜航、秋江夜泊，文人行止处俯仰之间每多愁思。何况词人发金陵、涉秦淮、过北固，六朝古迹所到处，古今兴废之悲更是无穷。无怪乎谭献盛赞鹿潭，目之以词中老杜。读此篇，警句、意境皆有似杜诗者，然只是拼接摹写，气象不可等量齐观。若论神采，则更似玉田。

清代词坛，经竹垞鼓吹之后，时人影从，多宗南宋玉田、梦窗辈而独舍稼轩，何其谬也！若以画论，神、妙、能三品，玉田、梦窗宜乎妙、能之间尔；稼轩，神品也，凡夫岂可望其项背哉？谭献谓："《水云楼词》，婉约深至，时造虚浑，要为第一流矣。"此之谓凡夫之中第一流则可，宜入能品耳。更举容若、莲生，合鹿潭并称"词人之词"，曰"二百年中，分鼎三足"[1]，不亦甚乎？纳兰才情绝高二子，其词血肉与神气兼具，时人远不可

---

[1] 谭献《箧中词》："《水云楼词》固清商变徵之声，而流别甚正，家数颇大，与成容若、项莲生，二百年中，分鼎三足。咸丰兵事，天挺此才，为倚声家杜老，而晚唐、两宋一唱三叹之意则已微矣！或曰：'何以与成、项并论？'应之曰：阮亭、葆酚一流为才人之词，宛邻、止庵一派为学人之词，惟三家是词人之词，与朱、厉同工异曲，其他则旁流羽翼而已。"

及。论词但知法度流别而不察神韵气象，何异舍本逐末、买椟还珠！唯朱孝臧独具慧眼，谓鹿潭词"气格驳而不纯，比之莲生差近之，正惟其才仅足为词耳"[1]。

纵观是作，才情雄健，语句疏快，合当脍炙人口。全篇化用前人名句甚多，如杜甫"归云拥树失山村""星垂平野阔""鱼龙寂寞秋江冷"，刘禹锡"千寻铁锁沉江底"，姜白石"波心荡冷月无声"等，虽驳杂不纯而浑然若出己手，亦词家之有力者也。

词之造境亦为鹿潭能事。结语处，满怀百感付与浩淼江水上一派秋烟。词人寄慨无穷，读者思入杳茫，百代之下，似犹闻北固山脚下、无边夜幕中袅袅商音⋯⋯

---

[1] 朱孝臧："水云词，尽人能诵其隽快之句，嘉、道间名家，可称巨擘，宜复翁仰倒赏击，而有会于冰叔（李肇增）之言也。顾其气格驳而不纯，比之莲生差近之，正惟其才仅足为词耳。"（手批《箧中词》）

鹧鸪天 　／ 文廷式

劫火何曾燎一尘？侧身人海又翻新。
闲拈寸砚磨砻世，醉折繁花点勘春。

闻柝夜，警鸡晨，重重宿雾锁重闉。
堆盘买得迎年菜，但喜红椒一味辛。

道希词倔。有人说他豪放似苏辛，婉约入花间。好像是，而其实都不是。文廷式的词还是清人独有的风味，多金石气而少书卷气，相对而言更接近陈维崧。只不过迦陵词更壮更沉，像混铁棒；道希词更瘦更硬，像细钢鞭。至于辛稼轩那杆横扫千军的方天画戟，而今已是不见。

此词写年关即景，苦中作乐的生活况味，寻常中可见词家之达观精神。道希为人耿直，罢官后直至去世前始终穷困潦倒。其性格特征，从他的前辈江西乡贤们身上就能窥得一二：拗相公王安石、长枪大戟黄山谷，哪一个不是如此？所以你细读他的词，豪放也好，婉约也罢，都好像隐约地让人感到滋味上差了点什么，虽然词家格外用力，就好像挥汗如雨的大厨，端上来的饭菜形色可人，一筷子下去才发觉忘了放盐，或者放了两遍……

尽管如此，道希词在晚清词坛中毕竟独树一帜，令人侧目。像这篇词，几乎一字一顿，句句着力，但却并不"野"，也并不"蛮"，全由词人自有一片诗心在。起句已见词家胸怀之洒脱坦荡：大千世界，芸芸众生，谁人不历经磨难？贫富荣辱，一样迎接新年。新年便要有新年气象，你看词人，拈来老砚，磨墨非墨，竟磨他个偌大尘世，这是何等气魄！折花插瓶，却要"醉折"，点缀"勘春"，两句对仗工整，几如绝句了。下阕，两短句作一节奏转换，心境似又一跌落，但见雾锁重楼，想到生涯艰辛处内有泪暗滴。然而结句重作振奋，不是什么豪言壮语，不是什么山高水阔，只是将目光落在眼前餐桌上："堆盘买得迎年菜，但喜红椒一味辛。"白乐天诗："小庭亦有月，小院亦有花。可怜好风景，不解嫌贫家。"道希亦然。眼中有这红椒似火，舌尖有这一味辛辣，生活之苍白可被点燃，人生之酸苦可被冲淡！

可以"风骨"[1]称之，可以"出尘"[2]谓之，然词人也好，学人也罢，道希只是道希。所谓"如人饮水，冷暖自知"，呼牛呼马江西客，"人与之名受不辞"[3]，何惧复何喜？

---

[1] 胡先骕："《云起轩词》意气飙发，笔力横恣，诚可上拟苏辛，俯视龙洲。其令词秾丽婉约，则又直入花间之室。盖其风骨道上，并世罕睹。"

[2] 冒广生曰："浑脱浏漓，有出尘之致。"

[3] 辛弃疾《卜算子》："一以我为牛，一以我为马。人与之名受不辞，善学庄周者。"

鹧鸪天 　／朱孝臧

九日，丰宜门外过裴村别业。

野水斜桥又一时，愁心空诉故鸥知。
凄迷南郭垂鞭过，清苦西峰侧帽窥。

新雪涕，旧弦诗，惜惜门馆蝶来稀。
红萸白菊浑无恙，只是风前有所思。

此为过刘光第郊外荒宅，伤悼故人所作。刘氏为"戊戌六君子"之一，彊村素钦其人忠直，而今叹其才不遇，命不逢时，则词之作意可知。

彊村词，集清季词学之大成，为晚清词坛巨擘，自是公论。词风婉约而浑厚，含蓄而舒畅，每有前贤未到处，王国维以"隐秀"称之，又评曰："彊村学梦窗，而情味较梦窗反胜，盖有临川、庐陵之高华，而济以白石之疏越者，学人之词，斯为极则。然古人自然神妙处，尚未见及。"彊村之短长，大约说尽。

此篇小令，确有梦窗境界，而气象之朗阔则过之。"野""愁""空""凄""清""垂鞭""侧帽"，炼字细微处皆见心曲。而词心之婉曲沉郁，尤在结句。"红萸白菊浑无恙，只是风前有所思"，情语景语混融，炽炽然复凄凄然，红、白设色之对比令人触目，风前沉思之情状令人惊心。草木无情，今且含悲矣，词家之感伤复何如之？野花尽兴而已，此之谓风人之旨矣。

彊村矜庄而格调高简，此中风味为清初大家所不及。与其相较，则纳兰失之纤，迦陵失之粗，竹垞失之琐。叶恭绰以为彊村继往开来，词学结穴，亦可谓有识见者。有清词坛之状颇类书学，清代儒家重小学，训诂考古之盛，金石之学兴，书法亦现一大转。何绍基、康南海、伊秉绶辈一似朱孝臧，溯流而上，变革维新，形异而道同。当代国学欲重振，于清人遗诣先须爬罗剔抉，承古开新，续接百代，耕彊村之田野，寄望"古人自然神妙处"，可谓任重道远。